21世紀の若者たちへ／4

原爆は文学にどう描かれてきたか

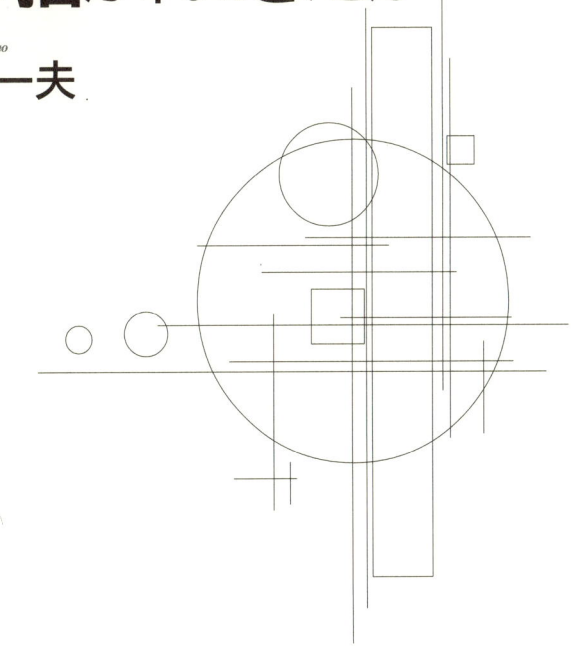

KUROKO Kazuo
黒古一夫

八朔社

目次

目　次

序　「一九四五年八月六日・九日　広島・長崎」

一九四五年八月六日午前二時四五分、南太平洋のテニアン島を三機のB29爆撃機が広島上空を目指して飛び立った。一機は通称「リトルボーイ」と呼ばれるウランを原料とする爆弾を積んだ「エノラ・ゲイ」号で、指揮はティベッツ大佐がとっていた。残りの二機は、科学観測装置を積んだ「グレート・アーティスト」号と写真装置を載せた「九一号機」であった。飛び立つ直前、ティベッツ大佐らは、滑走路上でカトリック、プロテスタント両派の宣教師・牧師から、次のような「特別なお祈り」を授かっていた。

全能の神よ。あなたを愛する者の祈りをお聞きくださる神よ。わたしたちはあなたが、あなたの天の高さも恐れず、敵に対する戦いを続ける者とともにいてくださるように祈ります。(中略) そしてあなたのお力に助けられて、彼らが戦争を早く終わらせることができますように。戦争の終わりが早くきますように、そしてもう一度地に平和の訪れますように、あなたに祈ります。あなたのご加護によって、今夜飛行する兵士たちが無事に早くわたしたちのところへ帰ってきますように。わたしたちはあなたを信じ、わたしたちがいまも、またこれから先も永遠にあなたのご加護を受けていることを知って前へ進みます。イエス・キリストによって、アーメン。

（『エノラ・ゲイ』より、邦訳八〇年）

そして、同日八時十五分、真夏の太陽がもうすでにじりじりと肌をこがす広島の上空に達したエノラ・ゲイ号を中心とする世界で最初の原爆攻撃隊は、目標と定められた産業奨励館（現在の原爆ドーム）をはっきりと眼下に収め、「リトルボーイ」を投下することに成功した。広島市の上空約六〇〇メートルで爆発し摂氏数百万度、数十万気圧となった熱球は、秒速四四〇メートル（徐々に減速）で四方に拡散し、市街のほとんどを廃墟と化し、戦闘員・非戦闘員（女・子供・老人）を問わず、一瞬にして死者約一〇万人（一年後の合計十一万八千人余）、負傷者（無傷の被爆者を含む）数十万人を出す人類史上最大の大惨事を引き起こした。原爆の熱風などによる火災によって市内が徹底的に破壊され、残留放射能のため「七十五年間は人が住めない」とさえ言われた。世界初の「原爆攻撃（実験）」は、一九四二年からアインシュタインやローゼンバーグらの科学者を動員したマンハッタン計画（原爆開発計画）の当事者が予想した以上の「成果」を納めたのである。

広島から三日後、通称「ファットマン」と呼ばれたプルトニュウムを主原料とする二つ目の原爆を積んだ「ボックス・カー」号が、長崎攻撃を行って成功した。軍需工場の集中していた浦上地区に投下された「ファットマン」は、長崎市に死者約七万人、負傷者十数万人をもたらしたのである。ただ、この世界で二番目の原爆攻撃は、最初から長崎を攻撃目標にしていたわけではなかった。当初の目標は「小倉」（現北九州市小倉地区）であった。小倉を目標にテニアン島を飛び立ったボックス・カー号は、小倉の上空に達した時、小倉上空が決められた目視攻撃のできないほど厚い雲に覆われていたため、何度か上空を旋回し雲の晴れるのを待ったが適わず、第二目標の長崎に向かい、雲の切れ間を狙って十一時二分、ファットマンを投下したのである。夥しい死傷者を出す、ここでも信じられないほどの被害が生じた。

ところで、ここで確認しておかなければならないのは、この「核時代」の幕開けを告げた広島・長崎における原爆被害について、その被害の大きさに目を奪われるためか、「被害者」の側からのみ語られる傾向にあるが、その甚大な被害は日本がアジア・太平洋地域に欲望の触手を伸ばして起こしたアジア太平洋戦争の「結果」であることに対して、意識が希薄になっている傾向についてである。言い方を換えれば、日本のアジア・太平洋地域への「加害」の結果として、広島・長崎の「被害」があったということである。例えば、広島・長崎の犠牲者となった大多数は子供や女性、老人といった「非戦闘員＝無辜《むこ》の民」であったことから、アメリカの非人道的攻撃を非難する言葉が現在でもよく聞かれるが、非戦闘員への無差別爆撃を世界に先駆けて行ったのは日本軍で、中国・重慶市への無差別爆撃は、世界の戦史に「パンドラの箱を開けた」非人道的攻撃として記録されている。

また、なぜ広島・長崎が原爆攻撃の目標となったのかを考えても、もちろん両市がデルタや川（浦上川）の両岸に発展した都市で、原爆の威力を測るのに適した地理的条件を備えていたということもあったが、広島が西部日本の軍事を管理する西部軍管区の司令部を始めとする様々な軍施設が集中する文字通りの「軍事都市」であり、長崎が三菱造船や三菱兵器などの軍需工場の集中する都市であった、ということがある。両市とも、アジア太平洋戦争の「加害」の拠点だったということである。広島で被爆した詩人（歌人）の栗原貞子は、「ヒロシマというとき」（一九七二年作）という詩の中で次のように書いている。

〈ヒロシマ〉というとき
〈ああヒロシマ〉と
やさしくこたえてくれるだろうか
〈ヒロシマ〉といえば〈パール・ハーバー〉
〈ヒロシマ〉といえば〈南京虐殺〉
〈ヒロシマ〉といえば女や子供を
壕のなかにとじこめ
ガソリンをかけて焼いたマニラの火刑
〈ヒロシマ〉といえば
血と炎のこだまが返って来るのだ
（中略）
〈ヒロシマ〉といえば
〈ああヒロシマ〉と
やさしいこたえがかえって来るためには
わたしたちは

わたしたちの汚れた手を
きよめねばならない

なお、アメリカが国を挙げて推進した「マンハッタン計画」は、当初ヒットラー率いるナチス・ドイツに向けたものであったことも、戦争のメカニズム及び広島・長崎の原爆攻撃を考えるとき、忘れてはならないことである。具体的には、ヒットラーが第二次世界大戦の始まる前から、より強力な兵器を求めて科学者たちに「原爆開発」を命じていたのを察知したアインシュタインが、ナチスのユダヤ人狩りを逃れて亡命していたアメリカの大統領ルーズベルトに「近々、新しい種類の、極めて強力な爆弾が製造される可能性がある」、と警告の手紙を出したのが始まりで、ナチス・ドイツとの開発競争を行い、そして攻撃目標をドイツ各都市に設定したのが、「マンハッタン計画」だったのである。ところが、原爆開発が最終段階に入った時点でドイツは降伏してしまった。そこで急遽、攻撃目標を依然として抵抗している日本へと、アメリカは切り替えたのである。

そして、一九四五年七月十六日午前五時二十九分四十五秒、世界で最初の原子爆弾がニューメキシコ州アラモゴードの砂漠地帯にある核実験場（トリニティ・サイト）で爆発したのである。ニューヨーク・タイムズの記者は、その時のことを次のように記した。

それはこの世の光ではなかった。数多くの太陽を一つに寄せ集めたような光であった。それはこの世界がいまだかつて見たことのない日の出であった。巨大な緑色の超太陽が一瞬のうちに八〇〇〇フィート以上の高さに昇り、見る見る高さを増して雲に届き、四辺の天と地とを目もくらむほどの光で照らし出した。直径一マイルばかりのその巨大な火の玉はぐんぐん上昇し続け、飛び上がりながらも濃紫からオレンジ色へと色を変え、見る見る大きさを増し、膨れあがり、そしていよいよ高く昇っていった。何十億年の間の束縛から解放された原始の力。ほんの一瞬、その光は皆既日食の間だけ太陽のコロナの中に見られるような、この世ならぬ緑色になった。それはさながら地が割れ、天が裂けたようであった。人は、許されて「天地創造の時」――神が「光あれ」と言われた創世の瞬間――に立ち会っているように感じた。

（前掲『エノラ・ゲイ』より）

ニューヨーク・タイムズの記者が「天地創造の時」と感じたその原爆が、実験成功からわずか三週間後に広島で実際に使われたのである。全市を破壊し、三〇万人近くの死傷者を出したそれは、「天地創造の時」を再現したものではなく、紛れもなく「人類滅亡・地球壊滅の可能性」を告知するものであった。つまり、「ヒロシマ・ナガサキ」で起こったことは、人間の抹殺であると同時に地球規模の「自然・環境」破壊そのものだったのである。

そして、それから六〇年、人類は「ヒロシマ・ナガサキ」の出来事を真の意味で教訓としてきたか。答えは、否である。アメリカ一国による核兵器の独占は、「ヒロシマ・ナガサキ」の四年後にソ連（現ロシア）の原爆開発によって破られ、以後イギリス、フランス、中国が核保有国となり、東西冷戦構造の下、熾烈な核軍拡競争が繰り広げられるようになった。さらにはイスラエルや南アフリカ共和国（この両国は現在、核兵器を保有していないと言っているが、その真偽のほどはわからない）、インド、パキスタンもそれに加わり、現在もしこれら核保有国の原水爆が全部戦争に使われるとしたら、地球上の人類を七回半絶滅することができると言われている。その意味では、「ヒロシマ・ナガサキ」以後の時間は、核の存在によって相手（敵）の攻撃力を未然に防ぐことができるという「核抑止力理論（ニュークリア・パワー・バランス）」の有効性が信じられてきた時代、と言うこともできる。朝鮮戦争、キューバ危機、ベトナム戦争、中東戦争、等々において、何度「核」の使用が核大国の指導者達によって検討されてきたか。

また、先頃から世界の耳目を集めている北朝鮮（朝鮮人民民主主義共和国）やイランの「核開発疑惑」も、あるいは「ヒロシマ・ナガサキ」を体験したこの国にあってナショナリストや軍需産業関係者から時々「核武装論」が浮上するのも、さらには米国を中心とする核保有国によってより強力精密な核兵器が開発され続けているのも、「核抑止力論」が神話的に存在することの証に他ならない。人間と他の生物がこの緑の地球で生き延びていくことを望むならば、「核抑止論」が如何に馬鹿げた神話であるか、「ヒロシマ・ナガサキ」をほんの少しでも知れば、すぐに理解できることである。それなのに、そのことに気付かない振りをし「核」に振り回されている人類に、果たして未来はあるのか。

もちろん、この間、核に対して世界の指導者たちや人々が何もしてこなかったというわけではない。核の恐ろしさについては、彼らとて充分に認識していた。だからこそ、東西冷戦時代から今日まで「核軍縮」については、何度となく試みられてきたのである。しかし、それはあくまでも「軍縮」であって、「核廃絶」ではなかった。そうであるが故に、宇宙空間における核の優位を目指した「スターウオーズ計画」や相手の核ミサイルを迎撃する「ミサイル防衛システム」の開発が繰り返し立案実施され、「臨海前実験」という名の核実験が今なお続けられているのである。核抑止論は、彼らの思想において依然として健在である。

さらに言えば、「湾岸戦争」(九〇年)において初めて使用され、その後コソボ紛争やイラク戦争でも使用された「劣化ウラン弾」という核兵器の存在も、「ヒロシマ・ナガサキ」から何も学ぼうとしない人々の所産に他ならない。「劣化ウラン弾」が原子力発電所から出る高濃度放射性廃棄物を主原料として製造されていることを考える時、核兵器と「核の平和利用=原発」とが確かにリンクし、これまた人類の「愚かさ」を重ねていることを思い知らされる。また、原水爆(核兵器)と原発とのリンクは、劣化ウラン弾の問題だけではない。現在における核兵器の材料は、そのほとんどがプルトニウムであることを考えると、そのプルトニウムは原発からの廃棄物を再処理することで得られ、現在五十二基の原発を抱え、再処理工場も建設している日本も有力な核保有国予備軍であるという重い事実に突き当たる。

そんなことをあれやこれや考えると、この六〇年間「ヒロシマ・ナガサキ」の悲惨な出来事を基点として、ずっと書き継がれてきた「原爆文学・核文学」の存在を思わないわけにはいかない。今一度「原点」に帰って、「ヒロシマ・ナガサキ」の出来事および「核」の存在について、虚心に考える必要があるのではないか。人類とこの地球がずっと永遠に存在し続けることを願うならば……。

第一章 「被爆」体験を

第一節 「書きのこさねばならない」——原民喜『夏の花』『心願の国』

子供の頃から詩や短編小説を書き、慶應大学卒業後から「三田文学」（慶應大学が出していた雑誌。遠藤周作などもここから出発した）系の作家として地味だがそれなりに活躍していた原民喜は、敗戦を迎える年の一月末、空襲の烈しくなった東京から郷里の広島市に疎開し、幟町の兄信嗣宅で被爆する。兄宅は爆心から約一キロの距離にあったが、宮大工が造った堅牢な家だったため倒壊せず、朝八時十五分民喜はちょうど厠《かわや》に入っていて無傷であった。それより約一年前の九月末に最愛の妻貞恵を結核で亡くした原民喜は、「もし妻と死別れたら、一年間だけ生き残ろう。悲しい美しい一冊の詩集を書き残すために」（『遙かな旅』五一年）、と思って生きてきたという。戦後初めて発表された『夏の花』の冒頭が次のようになっているのは、このことに関係している。

私は街に出て花を買うと、妻の墓を訪れようと思った。ポケットには仏壇からとり出した線香が一束あった。八月十五日は妻にとって新盆《にいぼん》にあたるのだが、それまでこのふるさとの街が無事かどうか疑わしかった。恰度《ちょうど》、休電日ではあったが、朝から花をもって街を歩いている男は、私のほかに見あたらなかった。その花は何という名称なのか知らないが、黄色の小瓣《こべん》の可憐《かれん》な野趣を帯び、いかにも夏の花らしかった。

炎天に曝《さら》されている墓石に水を打ち、その花を二つに分けて左右の花たてに差すと、墓のおもてが何となく清々《すがすが》しくなったようで、私はしばらく花と石に視入《みい》った。この墓の下には妻ばかりか、父母の骨も納っているのだった。持ってきた線香にマッチをつけ、黙礼を済ますと私はかたわらの井戸で水を呑んだ。それから饒津公園の方を廻って家に戻ったのであるが、その日も、その翌日も、私のポケットは線香の匂《にお》いがしみこんでいた。原子爆弾に襲われたのは、その翌々日のことであった。

この冒頭部分から「夏の花」というタイトルは付けられたのであるが——というのも、被爆直後にこの記録文学風の短編は書かれ、戦後すぐに「近代文学」という名の雑誌を平野謙や埴谷雄高ら出して戦後文学・戦後批評を牽引していた義弟の佐々木基一（亡き妻貞恵の弟）を仲介役として、いくつかの雑誌に掲載を打診されたが、占領軍（ＧＨＱ）のプレスコード＝検閲を恐れて、(注)原題「原子爆弾」から「夏の花」に改題され、当時地味な雑誌であった「三田文学」に掲載されるという経緯《いきさつ》があった——、妻の死—墓参り—夏の花—線香の匂い—原子爆弾による被爆というこの冒頭の簡潔な流れと事柄の組合せは、この短編が紛れもなく世界で最初の「原爆小説」であることの証になっている。

（注）実際のプレス・コード（検閲）は、ＧＨＱの一部局「占領軍民間情報局＝ＣＩＣ」が担当していたのだが、プレス・コードは占領軍全体の意志であったことを考慮して、以下占領軍（ＧＨＱ）がプレス・コードを布いていたと統一する。

原民喜は、爆風によって周りの家がほとんど倒壊したのを知って、北の淺野泉邸から京橋川（広島のデルタを形成した五つの太田川支流の一つ）をめざして避難するが、辿り着いた川岸で次のような光景を目撃し、新たな思いにとらわれる。

川岸に出る藪のところで、私は学徒の一塊と出逢った。工場から逃げ出した彼女たちは一ように軽い負傷をしていたが、いま眼の前に出現した出来事の新鮮さに戦《おのの》きながら、却《かえ》って元気そうに喋り合っていた。そこへ長兄の姿が現れた。シャツ一枚で、片手にビール瓶を持ち、まず異状なさそうであった。向岸も見渡すかぎり建物は崩れ、電柱の残っているほか、もう火の手が廻っていた。私は狭い川岸の径へ腰を下ろすと、しかし、もう大丈夫だという気持がした。長い間脅かされていたものが、遂《つい》に来るべきものが、来たのだった。さばさばした気持で、私は自分が生きながらえていることを顧みた。かねて、二つに一つは助からないかもしれないと思っていたのだが、今、ふと己《おのれ》が生きていることと、その意味が、はっと私を弾《はじ》いた。

このことを書きのこさねばならない、と、私は心に呟《つぶや》いた。けれども、その時はまだ、私はこの空襲の真相を殆《ほとん》ど知ってはいなかったのである。

そこで原民喜は「持逃げ用の雑嚢《ざつのう》」にかねてより入れておいた手帳に、自分が経験したこと、目撃したことをメモし、それらを基にこの『夏の花』以下の原爆作品が後に書かれることになったのである。だが考えてみると、創造＝表現行為を自らの生きる基底に置いた人間、つまり作家という存在のすごさと言うか、自然に身に付いた使命感の大きさと言うか、未曾有の惨劇に遭遇してもなお「書く＝表現する」ことを忘れない原民喜の習性は、並大抵のものではなかったことがわかる。もちろん、原民喜に「書きのこさねばならない」と決意させたものは、想像を絶する破壊と惨劇であった。また、信じられないことが広島に起こったことをいち早く察知した原民喜の感覚が、生き残った人間の使命として「書き残す＝記録する」を決意させたとも考えられる。

『夏の花』が、その後に書かれた『壊滅の序曲』(四九年)と『廃墟から』(四七年)を併せて三部作となっているのも、広島市を襲った惨劇が偶然ではなく、戦争という異常事・狂気がもたらしたもので、それは人間の生命と生活を破壊するものであることを認識していたことの現れと考えていいだろう。『壊滅の序曲』は、原民喜(作品では「正三」という名前になっている)が広島に疎開してからの、身を寄せた長兄宅の様子、空襲に怯えながら建物疎開や防空演習などを行っている広島市民の様子、不安に苛まれる自身の心、等が描かれ、まさに大惨劇の「序曲」がここには奏でられている。「暫くすると、土蔵脇《わき》の鶏小屋で、二羽の雛《ひな》がてんでに時を告げだした。その調子はまだ調っていないので、時に順一たちを興がらせるのであったが、今は誰も鶏の啼声に耳を傾けているものもなかった。暑い陽光《ひざし》が、百日紅《さるすべり》の上の、静かな空に漲《みなぎ》っていた。……原子爆弾がこの街を訪れるまでには、まだ四十時間あまりあった。」。この締め括りの文章が示しているのは、戦時にあっては惨禍＝悲劇が「日常」の延長、あるいは隣り合わせの場所に存在することに対する冷厳な認識である。
また『廃墟から』には、被爆後次兄の家族と共に避難した広島郊外八幡村での見聞と自ら及び身内の者が原爆症に苦しむ様子を軸に、九月になって出かけていった広島市の悲惨な状況が描かれている。例えば、自分と最後には死を迎える中学生の甥（次兄の息子）の原爆症について、原民喜は次のように記している。

翌朝、風はぴったりと歇《や》んだが、私の下痢はとまらなかった。腰の方の力が抜け、足もとはよろよろした。建物疎開に行って遭難したのに、奇蹟《きせき》的に命拾いをした中学生の甥は、その後毛髪がすっかり抜け落ち次第に元気を失っていった。そして、四肢《しし》には小さな斑点《はんてん》が出来だした。私も体を調べてみると、極く僅《わず》かだが、斑点があった。念のため、とにかく一度診《み》て貰うため病院を訪れると、庭さきまで患者が溢《あふ》れていた。（中略）九月に入ると、雨ばかり降りつづいた。頭髪が脱け元気を失っていた甥がふと変調をきたした。鼻血が抜け、咽喉《のど》からも血の塊をごくごく吐いた。今夜が危なかろうというので、廿日市の兄たちも枕許《まくらもと》に集まった。つるつる坊主の蒼白《そうはく》の顔に、小さな縞《しま》の着物を着せられて、ぐったり横《よこた》わっている姿は文楽か何かの凄惨な人形のようであった。鼻孔には綿《わた》の栓《せん》が血に滲《にじ》んでおり、洗面器は吐きだすもので真赤に染まっていた。「がんばれよ」と、次兄は力の籠《こも》った低い声で励ました。彼は自分の火傷もまだ癒《い》えていないのも忘れて、夢中で看護するのであった。不安な一夜が明けると、甥はそのまま奇蹟的に持ちこたえて行った。

被災時に全く無傷であった者が、少しずつ、あるいは突然原爆症の症状をあらわして、ある者は死に、ある者は生きながらえる。原爆が他の兵器と決定的に違うその第一は、この原爆症の発症にある。外側からは判定できない放射線による体内の被爆によって、内臓や血液、骨が決定的な損傷を受け、そのためにいつ発症するかわからない原爆症を抱えこんだ生を生きざるを得ない、そのような人間の尊厳を根底から覆す結果をもたらすもの、それが原爆だったのである。しかも、それは原爆の爆風や熱戦が届いた全域はもちろん、その地域に爆発後足を踏み入れた者にも例外なく襲ってくる質のものであった。原民喜は、『廃墟から』によっていち早くそのことを世に知らしめた、と言うことができる。

コレガ人間ナノデス
原子爆弾ニ依ル変化ヲゴラン下サイ
肉体ガ恐ロシク膨張シ
男モ女モスベテ一ツノ型ニカヘル
オオ　ソノ真黒焦ゲノ滅茶苦茶ノ
爛レタ顔ノムクンダ唇カラ洩レテ来ル声ハ
「助ケテ下サイ」
ト　カ細イ　静カナ言葉
コレガ　コレガ人間ナノデス
人間ノ顔ナノデス

「原爆小景」と題された十編の被災時の光景をメモしていた手帳に書き込んだ詩編の冒頭に置かれた作品である。何故カタカナで書かなければならなかったのか。そこに「人間」を人間でないものに変化させてしまう原爆への、民喜の驚きと怒りと哀しみが込められていると見ることができる。死にも匹敵する深い「絶望」、と言い換えてもいい。しかし、ここが言葉＝表現を生きることの根源に置いていた人間のすごさということになるのだが、自らの体験した（見聞した）未曾有の出来事について、『夏の花』に書かれているように、「書きのこさねばならない」との決意も同時に抱くにいたったのである。それは、「真黒焦ゲノ滅茶苦茶ノ爛レタ顔ノムクンダ唇」から「助ケテ下サイ」と声を出していた人間も、こんな破壊と惨劇の後だから、もしかしたら「新しい人間」に再生するかも知れないという期待＝希望に支えられたものであった。

原子爆弾の惨劇のなかに生き残った私は、その時から私も、私の文学も、何ものかに激しく弾き出された。この眼で視た生々しい光景こそは死んでも描きとめておきたかった。「夏の花」「廃墟から」など一連の作品で私はあの稀有な体験を記録した。

たしかに私は死の叫喚と混乱のなかから新しい人間への祈願に燃えた。薄弱なこの私が物凄い饑餓と窮乏に堪え得たのも、一つにはこのためであったろう。

（傍点引用者「死と愛と孤独」四九年）

もちろん、原民喜はそのことに全くと言っていいほど触れていないが、「新しい人間への祈願」の背景に、この国が敗戦によって手に入れた「平和と民主主義」を骨格とする戦後社会があったことは言うまでもない。だからこそ、原民喜は被爆の翌年に「混乱」と「窮乏」の極みにあった東京に移り、「文学」で身を立てるべく活動を再開したのである。上京後の原民喜は、『夏の花』が第一回水上滝太郎賞を受賞するなど評判を呼んだということもあって、後に「原爆以後」（被爆体験を基にした作品群）、「美しき死の岸に」（亡妻や若き日の思い出を中心にした作品群）という形でまとめられる短編やエッセイなどを次々と発表する。しかし、一九五〇年六月二十五日に勃発した朝鮮戦争に原爆が使用されるかも知れないことを知って絶望し、翌五一年三月十三日午後十一時三十分、中央線吉祥寺・西荻窪間の線路に四十五歳の身を横たえ自殺を遂げる。「妻と死別れてから後の僕の作品は、その殆どすべてが、それぞれ遺書だったような気がします」（義弟佐々木基一への手紙）と書き遺した原民喜は、死後発表された『心願の国』（五一年）の中で、「僕にはもうこの世で、とりすがれる一つかみの藁屑《わらくず》もない」とその絶望を表明した後、次のように書いた。

ふと僕はねむれない寝床で、地球を想像する。夜の冷たさはぞくぞくと僕の寝床に侵入してくる。僕の身躰《からだ》、僕の存在、僕の核心、どうして僕は今こんなに冷えきっているのか。僕は僕を生存させている地球に呼びかけてみる。すると地球の姿がぼんやりと僕のなかに浮ぶ。哀れな地球、冷えきった大地よ。だが、それは僕のまだ知らない何億万年後の地球らしい。僕の眼の前には再び仄暗《ほのぐら》い一塊《ひとかた》りの別の地球が浮かんでくる。その円球の内側の中核には真赤な火の塊りがとろとろと渦巻いている。あの溶鉱炉《ようこうろ》のなかには何が存在するのだろうか。まだ発見されない物質、まだ発想されたことのない神秘、そんなものが混じっているのかもしれない。そして、それらが一斉に地表に噴《ふ》きだすとき、この世は一たいどうなるのだろうか。人々はみな地下の宝庫を夢みているのだろう、破滅か、救済か、何とも知れない未来にむかって……。

確かに、この『心願の国』の全体を覆う絶望の深さは普通ではない。その意味で、「人間の存在の一つ一つが何ものによっても粉砕されない時が、そんな調和がいつかは地上に訪れてくるのを、僕は随分昔から夢みていたような気がする」（同）と思っていた一人の作家を、原爆は押しつぶしたのである。

第二節　「人間の眼と作家の眼」──大田洋子『屍の街』『半人間』ほか

長谷川時雨主宰の「女人芸術」に『聖母のゐる黄昏』（二九年）を発表して文学界にデビューした大田洋子は、その後泣かず飛ばずの作家生活を送っていたが、一九三八（昭一三）年、中央公論社が募集した「知識人階級総動員懸賞小説」に『海女』を変名で応募し第一席に入選たことと、その翌年の「朝日新聞創立五十周年記念懸賞小説」（賞金一万円、現在の七千万円ぐらい）を『桜の国』で射止めたことから一躍流行作家となり、十五年戦争下の女性作家として名声をほしいままにしていた。ところが彼女は原民喜と同じように、激しくなる東京の空襲から逃れて生まれ故郷（広島県山県郡原村）に近い広島市に居を構えていた妹宅に身を寄せていたときに、原爆に遭う。妹宅は、爆心から約一・四キロの地点にあった。

原民喜の『夏の花』と並び称される『屍の街』（四八年）は、この時の体験を記録文学＝私小説的な手法で綴った長編である。「鬼哭啾々《きこくしゅうしゅう》の秋」「無欲顔貌」「運命の街・広島」「街は死体の襤褸《ぼろ》筵《むしろ》」「憩いの車」「風と雨」「晩秋の琴」の全七章から成るこの作品は、倒壊した妹宅から避難した先の広島県佐伯郡玖島村（母トミの三度目の結婚相手が住んでいた土地）で書いたものである。『屍の街』は占領軍のプレスコードを考慮して最初の中央公論社版は削除部分を持つが、完全版＝冬芽書房版（五〇年）の「序」において、その執筆の動機について、次のように記している。

> 私は一九四五年の八月から十一月にかけて、生と死の紙一重のあいだにおり、いつ死の方に引き摺って行かれるかわからぬ瞬間を生きて、「屍の街」を書いた。
>
> 日本の無条件降伏によって戦争が終結した八月十五日以後、二十日すぎから突如として、八月六日の当時生き残った人々の上に、原子爆弾症という驚愕にみちた病的現象が現れはじめ、人々は累々と死んで行った。
>
> 私は「屍の街」を書くことを急いだ。人々のあとから私も死ななければならないとすれば、書くことも急がなくてはならなかった。

そして大田洋子は書き始めるのであるが、書斎ではなく不自由極まる避難先での執筆がどんなものであったか、同じく「序」の中で次のように書く。

当日、持物の一切を広島の大火災の中に失った私は、田舎へはいってからも、ペンや原稿用紙はおろか、一枚の紙も一本の鉛筆も持っていなかった。当時はそれらのものを売る一軒の店もなかった。寄寓先の家や、村の知人に障子からはがした、茶色に煤けた障子紙やちり紙や、(注)二三本の鉛筆などをもらい、背後に死の影を負ったまま、書いておくことの責任を果たしてから、死にたいと思った。

（注）現在その一部を日本近代文学館で見ることができる。

すさまじい作家の執念である。何の罪もない「無辜の民」が次々と死に、あるいは原爆症で苦しんでいる様子を見て、更には避難する道筋で見た破壊と悲惨極まる状況を見て、原民喜のように「書きのこさねばならない」との思いを強く持ったのだろう。事の重大さをその身体で感受したが故に、書くこと＝表現を生業にしてきた者としての使命感を強くしたとも思われる。ただ、この広島（あるいは長崎）で起こった大惨事に対して、「書きのこさねばならない」と思ったのは、書くことについて特権的であった文学者だけではなかったことも、ここで記しておきたい。一九九〇（平二）年にまとめられた『日本の原爆記録』（全二〇巻、日本図書センター）、あるいは『ヒロシマ　ナガサキ原爆写真・絵画集成』（全六巻、同）を通覧すればわかるように、被爆直後から生き残った人々は、老若男女を問わず、言葉で、あるいは写真や絵画で自らの体験したことを「記録＝表現」してきた。おそらく、無意識のうちに他者へ自らの体験を伝え、この地球で起こった未曾有の出来事の意味を「証言」として残そうとしたのだろう。

　大田洋子の『屍の街』も、そのような「証言＝記録」の側面を多分に持った作品と言うことができる。ただ一点違うのは、大田洋子が長い間の作家活動において身に付けた、現象や人々を客観的に見てそれを普遍的な問題として再提出＝表現することの意味をよく知っていたということである。大田洋子自身もそのことはよくわかっていたようで、『屍の街』の中に、次のような個所がある。


　……もう町筋でも通りでもなく、足の入れ場もないほどの芥屑《ごみくず》やがらくたでふさがってしまった道を、私たちは電車の通りから右へまがった。するとそこには右にも左にも、道のまん中にも死体がころがっていた。死体はみんな病院の方へ顔を向け、仰向いたりうつ伏せたりしていた。眼も口も腫れつぶれ、四肢もむくむだけむくんで、醜い大きなゴム人形のようであった。私は涙をふり落しながら、その人々の形を心に書きとめた。

「お姉さんはよくごらんになれるわね。私は立ちどまって死骸を見たりはできませんわ。」

　妹は私をとがめる様子であった。私は答えた。

「人間の眼と作家の眼とふたつの眼で見ているの。」

「書けますか、こんなこと。」

「いつかは書かなくてはならないね。これを見た作家の責任だもの。」

　死体は累々としていた。

（傍点引用者）

また、同じような体験を基にして書かれながら『夏の花』と『屍の街』が決定的に違うのは、自分を被爆＝死という苛酷な状況に直面させた「戦争」に対して、大田洋子は根源的な批判を行っていることである。戦前、流行作家としてペン部隊（内閣情報局の胆入りで結成された文学者の戦地訪問団）の一員となり戦地慰問を行ったり従軍記事を書いていて、必ずしも強い「反戦」意識を持っていたとは思われない大田洋子が、原爆に遭遇することで戦争がもたらす悲劇をその身体において感受し、「反戦」を強く意識するようになったと考えられる。

広島市街に原子爆弾の空爆のあったときは、すでに戦争ではなかった。すでに、ファシストやナチの同盟軍は完全に敗北し、日本は孤立して全世界に立ち向っていた。客観的に勝敗のきまった戦争は、もはや戦争ではないという意味で、そのときはすでに戦争ではなかった。軍国主義者たちが、捨鉢《すてばち》な悪あがきをしなかったならば、戦争はほんとうに終っていたのだ。原子爆弾は、それが広島であってもどこであっても、つまりは終っていた戦争のあとの、醜い余韻であったとしか思えない。戦争は硫黄島から沖縄へくる波のうえですでに終っていた。だから、私の心には倒錯がある。原子爆弾をわれわれの頭上に落したのは、アメリカであると同時に、日本の軍閥政治そのものによって落されたのだという風にである。（傍点同）

太田洋子は、硫黄島の「玉砕」（四五年三月一日）で太平洋戦争の決着は着いており、六月二十一日に兵士住民併せて十六万人余りの犠牲者を出して集結した沖縄戦も、そして広島・長崎の原爆被害も、

「終わった戦争」の続きに過ぎなかったと言っているのである。日本の降伏に関する最終決定である「ポツダム宣言」の発せられたのが七月二十三日であるから、太田洋子の認識にはいくらかの時間的錯誤があると言わねばならない。しかし、敗北を認めながら「国体＝天皇の地位」維持のために「ポツダム宣言」の受諾をぐずぐずと引き伸ばしたために、多大な犠牲者を出すと推測された「本土上陸」を是が非でも避け、なおかつ「新型爆弾＝原爆」を実戦に使いたかったアメリカ（軍）の思惑と重なり、その結果広島と長崎の両市に原爆が落とされたのは、確かである。そのことを考えると、現在では歴史の常識に属するが、原爆を落としたのは「アメリカであると同時に、日本の軍閥政治そのもの」であるという大田洋子の指摘は、「倒錯」などではなく、当時にあっては鋭い認識に基づいたものと言えるだろう。

だが、このような認識も全て彼女が原爆に遭遇したから生み出されたものと言ってよく、その意味では被爆体験は人を思いがけない場所に引き出すものである。戦争＝原爆が彼女の何もかもを奪ってしまったが故の、それらに対する「呪詛」、それは原爆に遭遇した人間の最初の発言ともなった「海底のやうな光」（「朝日新聞」四五年八月三〇日）というエッセイにもよく表れている。

広島市が一瞬の間にかき消え燃えただれて無に落ちた時から、私は好戦的になった。かならずしも好きでなかった戦争を、六日のあの日から、どうしても続けなくてはならないと思った。やめてはならぬと思った。

この反語的（イロニカル）な言い方の中に、大田洋子の怒りをどこにぶつけてよいのか分からない絶望的なまでの焦燥感がある。このような戦争＝原爆に対する「焦燥」「怒り」「絶望」「呪詛」といった感情が『屍の街』を書かせたとも言える。

なお、それとは別に先にも少し触れたが、アメリカ軍を中心とする占領軍がこの国の最高決定機関として機能していた当時にあって、「原爆報道・記事・文学作品」は占領軍が布いていたプレス・コード（報道管制・検閲）に抵触する対象の一つであり、『屍の街』もその犠牲を被ったことについて、再度指摘しておきたい。大田洋子は、先の冬芽書房版の「序」で、プレスコードについて次のように書いている。

「屍の街」は個人的でない不幸な事情に（より）、戦後も出版することが出来なかった。広島市から北へ十里はいった山の中の村で、はじめに書いたように、刻々に死を思いながら「屍の街」を書き終った時分、颱風と豪雨の被害で、一ヶ月もきけなかったラジオが、ある日ふいに聞こえて来た。そのとき、原子爆弾に関するものは、科学的な記事以外発表できないと云っているアナウンサーの声が、かすかに聞えた。

発表できないことも、敗戦国の作家の背負わなくてはならない運命的なものの一つであった。「屍の街」は二十三年の十一月に一度出版された。しかし私が大切だと思う個所がかなり多くの枚数、自発的に削除された。影のうすい間のぬけたものとなった。

それ以後そのまま放置されて今日にいたった。（傍点同）

傍点部の「自発的に削除」というのは、彼女が『山上』（五三年）という短編で明らかにしているが、戦後すぐに彼女が「原爆」について書いていることを知ったＧＨＱ（占領軍）の将校が避難先の大田洋子を訪ね、あからさまではない形で圧力をかけた結果であった。何よりも圧倒的な力と権威を持っていたＧＨＱに、誰も逆らうことはできなかった。占領されるというのは、国の主権がなくなるだけでなく、何もかも支配者に従属することでもあったのである。

大田洋子が占領状態から解放されたことと軌を一にするように、被爆者を主人公にした恋愛小説仕立てで『人間襤褸《にんげんらんる》』を発表したのは、一九五一年、被爆から六年目の八月であった。「原子爆弾とは関連のない、別の作品を書こうとした。すると私の頭の中に烙印となっている郷里広島の幻が、他の作品のイメージを払いのけてしまうのだった。原子爆弾に遭遇した広島の、その作品かが難しければむつかしいほど、私の眼と心に観察され、人々にきいた広島市の壊滅と、人間の壊滅の現実が、もっとも身近かな具体的な作品の幻影となって、ほかの作品への意欲を挫折させた」（冬芽書房版「序」）、というような苦悩とジレンマの末に生まれたのが『人間襤褸』であった。が、彼女が戦前もっとも得意としていた恋愛（悲恋）小説と被爆体験を組み合わせたこの長編は、必ずしも成功したとは言えなかった。被爆者に対する偏見（差別）が若者の恋愛を悲劇へと導いてしまうその理由について、作者の眼が十分に行き届いておらず、個人の問題に還元されてしまうような作品構造に最大の問題があったと言える。

大田洋子は、「戦後七年間、拷問されている思いです」（『反人間』）という苦しみから逃れることができず、一九六三（昭三八）年一二月十日、輾転反側の旅を続けた末に福島県猪苗代町の旅館で入浴中に心臓麻痺で死去するが、この間に平和文化賞を受賞した中短編集『反人間』（五四年）、長編『夕凪の街と人と』（五五年）、短編集『八十歳』（六一年）、等の作品を残している。中でも、「原爆を売り物にしている作家」という世間や文壇の中傷や悪口から神経症を患って入院生活を余儀なくされた経験を基に、被爆者の現実を描いた『反人間』、着々と復興を遂げつつある広島にあって基町の一角に残された「原爆スラム」と云われた一帯（現在の平和公園）に生活する人々を主人公にした『夕凪の街と人と』は、問題作と言っていいだろう。これらの作品で、大田洋子が戦後いかに被爆者が精神的にも物質的にも劣悪な状況に放置されていたかを明らかにしているからに他ならない。現在、広島の平和公園を訪れる人の何人が、慰霊碑や記念像の建ち並ぶその地面の下にかつて「原爆スラム」と呼ばれた街が存在したことを知っているだろうか。大田洋子の『夕凪の街と人と』を読むと、そのことに思い至る。

第三節　魂＝良心の証——永井隆『長崎の鐘』『この子を残して』ほか

当時長崎医科大学物理療法科の助教授であった永井隆は、爆心から三〇〇～七〇〇メートルの範囲に校舎のあった大学で学生の指導をしている時に被爆する。爆心から半径五百メートル以内というのは、半数近くの人が即死したのではないかと言われており、顔の動脈が傷つくなどの大怪我を負ったが、そこで生き残ったというのは幸運だったと言っていいだろう。『長崎の鐘』（四九年）は、その時の体験をつぶさに記録したものである。科学者（原子物理学）の学者らしい観察眼を働かせ、「事実」によって長崎に起こった大惨事を自分の体験に即し記述している。

時計は十一時を少し過ぎていた。病院本館外来診察室の二階の自分の室で、私は学生の外来患者診察の指導をすべく、レントゲン・フィルムをより分けていた。目の前がぴかっと閃いた。まったく青天のへきれきであった。爆弾が玄関に落ちた！　私はすぐ伏せようとした。その時すでに窓はすぽんと破られ、猛烈な爆風が私の身体をふわりと宙に吹き飛ばした。私は大きく目を見開いたまま飛ばされていった。窓硝子の破片が嵐にまかれた木の葉みたいにおそいかかる。切られるわいと見ているうちに、ちゃりちゃりと右半身が切られてしまった。右の眼の上と耳あたりが特別大傷らしく、生温かい血が噴いては頸へ流れ伝わる。痛くはない。目に見えぬ大きな拳骨が室中を暴れ回る。寝台も、椅子も、戸棚も、鉄兜も、靴も服もなにもかも叩き壊され、投げ飛ばされ、掻き回され、がらがらと音をたてて、床に転がされている私の身体の上に積み重なってくる。（中略）あたりはやがてひんやりと野分《のわき》ふく秋の末のように、不思議な索漠さに閉ざされてきた。これはただごとではないらしい。

（「爆撃直後の情景」）

このような生死の行方も定かでないような出来事に遭遇しながら、永井隆は「医者」である自らの仕事を忘れず、「怪我人は約百名だ。これをどこへ送って、どう処置するか、とにかく教室員を集めねばならぬ。その教室員もおそらく半数はやられているだろう」（同）と考え、直ちに行動を起こす。

私たちはそこでただちに応急手当てを始めた。三角巾も繃帯も間もなく使い果たし、こんどはシヤツを切り裂いては、傷に巻いていった。十人、二十人、処置を終われば、後から後から「助けてください」と叫んで新しい傷者があらわれ、いつまでもきりがない。私は片手で自分の傷を押さえておらねばならず、仕事がしにくいが、つい患者の傷につられて手を離して手当てをしていると、まるで水鉄砲で赤インクをとばすように私の傷口から血が噴いて、横の壁といわず婦長さんの肩といわず赤く染めてしまう。こめかみの動脈を切られているのだ。しかし、この動脈は小さいから、まあ、あと三時間は私の身体ももてるだろうと計算しながら、時々自分の脈の強さを確かめつつ、患者の処置をつづける。（『救護』）

すさまじいばかりの職業意識（使命感）と言えるが、この後も子供二人が疎開していた長崎市北方の「三ツ山（黒岳）」に救護所を開き、連日連夜少ない薬品や足らない医療器具を使って患者の治療に当たる。『長崎の鐘』は、ある側面から言えば、そのような永井隆の「救護・治療記録」でもある。

では、何故被爆直後からそのような超人的な救護・治療活動ができたのか。それは、たぶん永井隆が敬虔なカトリック教徒だったことと関係する。キリスト者としての「愛」の発露と言い換えてもいい。自分の命より他人の命をまず考える、そのような普段からの生活態度が未曾有の大惨事の時でも遺憾なく発揮されたのが、キリスト者永井隆の大怪我を負いながらの救護・治療活動であった。その意味で、この永井隆の『長崎の鐘』は徹底して被害・被爆者の側から原爆のもたらしたものを「記録」した作品と考えることができる。それはまた、原子物理学者としての冷静な観察力と相俟っての「記録」であった。原爆投下の直後にアメリカ軍が撒いたビラに書かれていた、「米国は今や何人もなし得なかった極めて強力な爆薬を発明するに至った。今回発明せられた原子爆弾は只その一箇を以てしても優にあの巨大なB－29二千機が一回に搭載し得た爆弾に匹敵する」、を読んだ後の考えを次のように記している。

あっ、原子爆弾！

私の心はもう一度、昨日と同じ衝撃を受けた。原子爆弾の完成！　日本は敗れた！　なるほどそうだ。この威力は原子爆弾でなければならぬ。昨日からの観察の結果は、予想されていた原子爆弾の現象と一々符節を合わすものだ。ついにこの困難な研究を完成したのであったか。科学の勝利、祖国の敗北。物理学者の歓喜、日本人の悲嘆。私は複雑な思いに胸をかき乱されつつ、酸鼻《さんび》を極むる原子野を徘徊《はいかい》した。

竹槍が落ちていた。蹴ったら、からんからんと虚ろな音をたてた。拾って空に構えて涙が出た。竹槍と原子爆弾！　ああ、竹槍と原子爆弾、これはまたなんという悲惨な喜劇であろう。これでは戦争にならぬ。これは戦争ではない。国民はただ文句なしに殺されるために国土の上に並ばされるのである。

（「原子爆弾の力」）

しかし、「科学の勝利、祖国の敗北」「物理学者の歓喜、日本人の悲嘆」「竹槍と原子爆弾」という風に二元的な思考によって原爆＝被爆の現実を捉えた永井隆も、何故このような悲惨が長崎の地に起こったのかということになると、途端に思考停止状態になり、キリスト教思想の根幹を成す「原罪」意識によって全てを片づけようとしてしまう。だが、原爆＝戦争が「原子爆弾が浦上に落ちたのは大きな摂理である。神の恵みである。浦上は神に感謝をささげねばならぬ」「敗戦と浦上壊滅との間に深い関係がありはしないか。世界大戦争という人類の罪悪の償いとして、日本唯一の聖地浦上が犠牲の祭壇に屠られ燃やさるべき潔い羔《こひつじ》として選ばれたのではないでしょうか?」(「壕舎の客」)、というような自虐的としか思えない信仰告白で処理できないのは、政治学や歴史学が教える通りである。これでは、「東洋の解放」「大東亜共栄圏の建設」「五族協和」といったスローガンの下に忍従・犠牲を強いられた戦時下国民のメンタリティーと同じである。何事も「大きな力」に逆らうことなく、ただ耐え忍ぶ。『長崎の鐘』から悲愁や怒りが伝わってこないのも、永井隆が原爆＝被爆を人類の「試練」としか受け取っていなかったからに他ならない。

　このような永井隆の態度に象徴される原爆＝被爆把握から、その後長い間長崎は「怒りの広島」に対して「祈りの長崎」と言われ続け、原水爆問題が世界的規模で展開するようになってからも、平和運動の発進基地としては世間に対して薄い印象しかもたらさなかったのである。「ヒロシマ・ナガサキ」と世界では称せられるようになったにも拘わらず、である。

　ところで、『長崎の鐘』を語る時忘れてならないのが、その刊行に関わる事情についてである。『長崎の鐘』は、原民喜の『夏の花』や大田洋子の『屍の街』と同じように、被爆直後から書き始められ、一九四六(昭二一)年の八月には完成し直ちに刊行される予定になっていた。ところが、余りにその被害状況の描写が生々しかったためだと思われるが、ＧＨＱのプレス・コードに抵触するということで、版元は繰り返し刊行要請をしたがなかなか刊行されなかった。そのため、次作『ロザリオの鎖』

（四八年）の方が先に刊行され、『長崎の鐘』はその翌年、日本軍によるフィリピンにおける住民虐殺の報告書「マニラの悲劇」（原題「Japanese Atrocities in Manilla」「Atrocity」は、「残虐・極悪・凶行」という意味だから、「マニラの悲劇」というのは、日本軍の残虐行為をカムフラージュする訳だろう）を併載することで、ようやく許可されるという経緯を持つ。

「マニラの悲劇」は、アメリカ軍の反攻によって首都マニラの占領を放棄し撤退せざるを得なかった日本軍が、撤退の際にマニラの住民を生き埋め、焼殺、爆殺、溺殺したことの証言集で、日本軍の加害責任が厳しく問われる出来事であると同時に、戦争の非人間性を明らかにするものである。占領が終わると同時に『長崎の鐘』は、「マニラの悲劇」を除いて刊行されるようになったので、人々の目には触れにくくなったが、戦争を考えるときの貴重な証言である（現在は『日本の原爆記録』第二巻で読むことができる）。「殺し・焼き・奪った」者が、今度は「殺され・焼かれ・奪われる」戦争の現実を、「マニラの悲劇」と『長崎の鐘』は図らずも体現しており、アメリカ軍（ＧＨＱ）は、原爆の非人間性と日本軍の蛮行を相殺させようとして、両者を併載させたのである。

永井隆は、『長崎の鐘』『ロザリオの鎖』の他に、一九五一年五月一日原爆症で息を引き取るまで、被爆の翌年長崎駅頭で倒れてからずっと病床にあって、『亡びぬものを』（四八年）や『この子を残して』（四九年）、あるいは『いとし子よ』（同）等を書き、被爆体験と信仰とを考え続けた。「祈りの長崎」ということで、広島と違ってなかなか文学作品として世に知られることのなかった長崎の被爆が、それでも世に伝えられていたのは、永井隆の著作に負うところが大である。このことは改めて記しておきたい。

第四節　『黒い卵』（栗原貞子）と『さんげ』（正田篠枝）

原民喜や大田洋子、永井隆の他にも、被爆の体験を文学作品に託して表現した人々がいた。文学＝虚構《フィクション》という形でしか自らの経験したことを外化（対象化）できなかった表現者たち、あるいは自らの個別的体験を表現行為によって普遍化しようとした人々、と言い換えてもいい。そのような広島・長崎の文学者たちのうち、私家版という形で詩歌集『黒い卵』（四六年）、歌集『さんげ』（四七年）を出した栗原貞子、正田篠枝の二人は、その表現にかける姿勢において特筆に値する。

栗原貞子は、戦前特高（治安維持法によって設けられた反体制思想を取り締まる特別警察）から目を付けられるような思想の持ち主だった夫唯一《ただいち》と共に、戦後いち早く中国文化連盟を立ち上げ、「原子爆弾特輯号」と名打った「中国文化」を創刊した詩人（歌人）である。彼女は創刊号に詩『生ましめん哉』と短歌『悪夢』十二首を載せているが、唯一が書いた創刊の言葉「『中国文化』発刊並に原子爆弾特輯について」を読むと、彼女たち夫妻が当時何を考えていたかがよくわかる。

　新しい日が来た。平和の日が来た。こゝではかつてのほしいまゝなる権力は、今や木の葉の小判のやうに他愛なくなり、裁いてゐた者が裁かれ、不当の圧迫の下に呻吟してゐたかつての国家の敵は今や正しく配置されようとしてゐる。（中略）

然り我々はこの新しき文化建設の出発に際して、原子爆弾の広島の相貌を歌ひ、その当時を追憶しやう。そこには悪夢のやうな地獄の世界があり、又その中に於いてさえ人間の高貴な魂が如何なる形で現れ又、人間恩愛の情の如何に痛切なものであつたか。我等をして否世界をして再び戦場に赴かざらしめざる用意として創刊号を原子爆弾特輯号として世に送ろう。これは広島を郷土とする我々の義務であり、且つ満身創痍の我々のみの歌だ。ウカツにもこの世紀の悲劇をウノミにし、忘却して我等を再び戦場に駆り立てられる愚のなきやう、もう一度原子爆弾の当時を追想し併せて戦災死者の冥福を祈らんとするものである。

戦争、そしてその戦争が引き起こした最大の悲劇とも言うべきである原爆被害が、「政治」によってもたらされたものであるとの痛哭から、「平和日本」において急務とされるのは「政治」の対極にある「文化」の建築・創造である、と「中国文化」（栗原夫妻）は考えたのである。そしてそれは、まず自分たちの経験した原爆による被災の現実を直視することから始めねばならず、それ故に「中国文化」の創刊号は「原子爆弾特輯号」にしたというのである。この栗原夫妻たち「中国文化」の特筆すべき点は、この世に「地獄」を作り出した原爆被災の下でも、「人間の高貴な魂」や「恩愛の情」を見ようとしていたことである。どんな苛酷な状況に遭遇しても挫けない人間の尊厳を頼りに、戦後復興に進んでいこうとするヒューマニズム《人間主義》思想の存在をそこに見ることができる。

その意味では、栗原貞子の「生ましめん哉―原子爆弾秘話―（後「生ましめんかな」）」がこの「中国文化」創刊号に載っているのは、偶然ではない。

こはれたビルデングの地下室の夜であつた。
原子爆弾の負傷者達は
暗いローソク一本ない地下室を埋めていつぱいだつた。
生ぐさい血の匂ひ、死臭、汗くさい人いきれ、うめき声。
その中から不思議な声がきこえて来た。
「赤ん坊が生れる」と云ふのだ。
この地獄の底のやうな地下室で、
今、若い女が産気づいてゐるのだ。
マツチ一本ない暗がりの中でどうしたらいゝのだらう。
人々は自分の痛みを忘れて気づかつた。
と「私が産婆です。私が生ませませう」と言つたのは、
さつきまでうめいてゐた重傷者だ。
かくて暗がりの地獄の底で新しい生命は生れた。
かくてあかつきを待たず産婆は血まみれのまゝ死んだ。
生ましめん哉
生ましめん哉。己が命捨つとも。

産婆は自分の命と引き替えに「新しい生命」を誕生させた。「新しい生命」は、希望の光である。原

爆症で次々と惨劇で生き残った人々も倒れていき、瓦礫の街にバラック（掘建て小屋）が建つ被爆都市広島にあって、「新しい生命」は希望そのものだったのである。

栗原貞子のこの「生ましめん哉」を含む一九四一年からの「反戦詩」や「反戦歌」を集めた詩歌集『黒い卵』が、占領軍（GHQ）のプレス・コードによる「検閲」「自己削除」を経て刊行されたのは、一九四六年の八月であった。以後、彼女は言葉＝表現によって「反戦・反核」を訴える活動を続け、今日に至っている（二〇〇五年三月死去）。因みに彼女は八月六日午前八時十五分の被爆時には、爆心から四キロほど離れた自宅にいてその時はさしたる負傷もしなかったが、被爆直後に市内の仕事場に勤務していた夫唯一や親戚の者を探すために入市し、残留放射能によって被曝している。

『黒い卵』以降、栗原貞子は『私は広島を証言する』（六七年自家版）、『ヒロシマ・未来風景』（七四年、同）、『ヒロシマというとき』（七六年）、『栗原貞子詩集』（八四年）、等に収められた詩を次々と書き、また『ヒロシマの原風景を抱いて』（七五年）、『核・天皇・被爆者』（七八年）、『核時代に生きる』（八二年）、『問われるヒロシマ』（九二年）のエッセイ集を出し、広島における文学活動の中心として活動し続けてきた。「序」にも書いたが、詩「ヒロシマというとき」に象徴される「ヒロシマ」の加害者性への覚醒は、画期的なものであった。被害者の側面でしか「ヒロシマ・ナガサキ」を考えなかった被爆者（日本人）に、アジア太平洋戦争の全体との関係で「ヒロシマ・ナガサキ」を考えるように促したからである。「ヒロシマ・ナガサキ」を経ての戦争の終結を、「天皇の御聖断」と言ってはばからなかった永井隆のようなメンタリティーから、栗原貞子は被爆から二十七年経って脱却したのである。

栗原貞子が夫と二人三脚で戦後の「反戦・反核」運動を文学の立場から積極的に推し進めた文学者

であったとしたら、正田篠枝は個人的にひっそりと、しかしその意志（思想）は強固におのれの被爆体験を真摯に凝視し、それを三十一文字の表現形式に表した歌人ということになる。一九一〇（明四三）年十二月二十二日生まれの正田篠枝の歌歴は、安芸高等女学校研究科を卒業する頃に始まっている。その後、結婚、長男出産を経て、一九四五年八月六日、爆心から一・七キロほど離れた平野町の自宅で被爆するが、避難先の宮島山荘（別荘）で早くも歌作を始め、杉浦翠子主宰のガリ版刷りの歌誌「不死鳥」（第七号）に「挨《ああ》！原子爆弾」と題して原爆火三十九首を載せている。

全ての出版物がプレス・コードの対象であったこの時代に、「不死鳥」に載せた三十九首に手を入れた作品を中核として、百首の作品を集めて秘密裏に出版されたのが『さんげ』百部である。このプレス・コード（検閲）を無視した秘密出版という行為がどれほど危険なことであったか。そのような行為は、反連合軍（アメリカ軍）的行為として厳罰に処せられる可能性を持っていたのである。ところで、その『さんげ』は、どのような歌集だったのか。何首か抜き出してみる。

・ピカッドン　一瞬の寂《せき》　眼をあけば　修羅場と化して　凄惨の呻き（噫！原子爆弾）

・炎なか　くぐりぬけきて　川に浮く　死骸に乗っかり　夜の明けを待つ（悲惨の極み）

・子をひとり　焔の中に　とりのこし　我ればかり得た命と　女泣き叫ぶ（急設治療所）

・ズロースも　つけず黒焦の　人は女《をみな》　乳房たらして　泣きわめき行く（戦争なる故か）

・酒あふり　酒あふりて　死骸焼く　男のまなこ　涙に光る（生き残る者の苦）

・可憐なる　学徒はいとし　瀕死のきはに　名前を呼べば　ハイッと答へぬ（愛しき勤労奉仕学徒よ）

・焼けへこみし　弁当箱に　入れし骨　これのみがただ　現実のもの（殉死学徒の母）
・息をして　命はあれど　傷口に　蛆虫わきて　這ひまわり居り（罹災者《りさいしゃ》収容所）
・よちよちと　よろめき歩む　幼子が　ひとり此の世に　生きて残れり（戦災孤児収容所）
・七人の子と　夫とを　焔火の下に　置きて　逃げ来し女　うつけとなりぬ（血肉を裂かる嘆き）

かっこ内は、小見出し（題詞）である。他に「哀れ人身」「滅亡《ほろ》ぶる世界」「復員兵」「静かなる自然」「餓鬼の相」「省みる原爆前日」「原子爆弾症臨床記」「混沌の中より生るるもの」があり、原爆がもたらした現実を全体にわたって詠っている。これらの歌の特徴は、原爆被害＝悲劇を嘆き悲しんだり怒ったりするのではなく、起こったこと・見聞したことを冷静に観察し、そのことの意味を真摯に問いかけているところにある。中でも「混沌の中より生るるもの」の、「人類に　貢献する人を　励まして布施愛敬せん　この残生捧げ」や「武器持たぬ　我等国民《くにたみ》　大懺悔の　心を持して　深信に生きむ」等には、「平和・日本」に生きる自分の覚悟・役割が明確に宣言されており、この歌人が強い意志を持った人物であったことを窺わせるものがある。

被爆後の正田篠枝は、一九四八（昭二三）年九月に再婚（前夫は、四〇年一〇月に三十七歳の若さで病死していた。再婚相手とは二年半ほどの結婚生活の末に離婚した）し、一子をもうけるというようなこともあったが、一九六五（昭四〇）年六月十五日に死去するまで原爆症で入退院を繰り返し、医者とは縁の切れない生活を送るようになる。その間も歌作を手放さなかったのが、正田篠枝であった。しかも病床にありながら、正田篠枝は一九五九（昭三四）年八月、栗原貞子や升川貴志栄たちと「原水爆禁止母の会」を結成し、反核運動に積極的に参加していく。

・つぎつぎと　キカイな症状で　死にゆく　原子炉建設　急ぐと言う記事
・再軍備　させたりしたり　するひとは　原爆症を　知らぬひとなり
・中国が　核実験を　されました　人間悲し　救われません
・大昔の黒船と異う　核潜鑑　日本寄港　全学連はわれらにかわり　闘いてくれる
・武器持たぬ　ケンポウの民なるわれら　黙認の如く　ジエイ隊猛くんれんす
・原潜の　寄港反対　戦争に　近づくなかれ　日本国よ
・つくづくと　恐ろしくなりぬ　日本は　アメリカドレイ　独り立ちできぬや
・我らの父を　我らの母を　はらから　返せと訴うる　相手は誰ぞ
・アメリカが　毒ガス弾を　ベトナムで　使用せしとか　にくったらしや
・戦争の　布告のあらぬ　戦争の　危険ひらめく　憲法改正

しかし、原爆症は「乳ガン」という形で正田篠枝に最後通告を突き付けた。一九六三（昭三八）年夏のことであった。前年の十一月に出した『耳鳴り―被爆歌人の手記』（平凡社）が評判となり、彼女に生きる勇気を与えつつあった矢先の出来事であった。精密検査をしてみると、ガンは全身に転移しており手術が可能な状態ではなかった。それより先の一九五四（昭二九）年の二月に曹洞宗広島別院で得度（法名・涙珠《るいじゅ》）して、それなりの悟りを得ていたはずの正田篠枝であったが、それからはガンとの闘いであった。彼女は最期まで自分を見つめ続け、歌を作り続けた。享年、五十四歳であった。

第五節　怒りを……——『原爆詩集』（峠三吉）

ちちをかえせ　ははをかえせ
としよりをかえせ
こどもをかえせ

わたしをかえせ　わたしにつながる
にんげんをかえせ

にんげんの　にんげんのよのあるかぎり
くずれぬへいわを
へいわをかえせ

あまりに有名なこの詩を「序」とする『原爆詩集』は、当初はアメリカ大統領トルーマンが劣勢を余儀なくされていた朝鮮戦争において原爆を使用するかも知れないという切迫した情勢下で、そのような戦争状況に「抗議」する底意を持って、ガリ版刷りの私家版として刊行されたものであった。五〇〇部印刷されて、広島や「新日本文学会」等の文学関係者に配られたこの詩集は多くの反響を呼び、翌年なかの・しげはる（中野重治）の解説を付けて青木文庫として再刊された。それより以前、峠三吉は一九四九（昭二四）年一〇月に反戦反原爆の姿勢に立つ「われらの詩の会」を結成し代表となり、機関誌「われらの詩」の編集発行人として活躍していた。朝鮮戦争の勃発に際して「われらの詩」は、戦争反対の立場から次々と反戦詩を載せ、また峠三吉は歌人の深川宗俊らと反戦詩歌集団を結成し、『反戦詩歌集』（第一集・第二集）を刊行するなどして、広島市民に反戦平和をアピールする活動を熱心に展開していた。

『原爆詩集』は、そのような峠三吉の反戦文学運動の過程で生まれたものであった。この詩集の特徴は、中野重治の解説がよく示している。

この声（戦争をしかけたものが罰せられねばならぬという声――引用者）は、戦後の世界を世界平和確立の方向へすすめようとする民主的な国々、人々の、平和確立のため献身的活動の増大とともに大きくなった。なぜかといえば、この国々、この人々は、おれのところには原爆があるぞ、そのストックは大きいぞ、おれのいうことを聞かねばこれを見舞うぞという勢力とたたかわねばならず、ここからも、あたらしい原爆投下を脅迫として振りかざす勢力と、かつて長崎、広島に原爆投下をあえてした勢力とが同じものであることが明らかになってきたからであった。

同時に、被害国民としての日本人のなかからも同じ声が生まれてきた。大田洋子の「屍の街」がここから生まれ、赤松俊子・丸木位里の「原爆の図」がここから生まれ、峠三吉の「原爆詩集」がここから生まれた。それらは、忘れることのできぬ悲惨を芸術に肉づけ、こういう悲惨が断じて繰り返されぬことを願い、そのことを人間として要求するものであった。世界の誰一人、これらの芸術作品を前にして、おれは原爆を持っているぞ、そのストックは大きいぞ、おれのいうことを聞かねばこれを見舞うぞと人間としていうことはできない。

核権力（中国新聞論説委員金井利博の言葉）に対抗する芸術の力、しかもそれは未曾有の悲惨＝被爆の経験をくぐり抜けて生き残った者が、死生を彷徨《さまよ》った経験を直視するところから生み出したものであることによって、その迫力を増す。

『原爆詩集』に収められた峠三吉の作品は、後半になると「一九五〇年の八月六日」や「呼びかけ」、「その日はいつか」等、朝鮮戦争を視野に入れて広島に惨劇をもたらしたもの、あるいは戦争推進勢力に対する抗議や憤怒を直接的な言葉で表現するものが多くなるが、前半は「ちちをかえせ」の詩と同じようにこの地上に出現した「ヒロシマ」に対する怒りと悲しみをうたったものが多い。

焼け爛れたヒロシマの
うす暗くゆらめく焔のなかから
あなたでなくなったあなたたちが
つぎつぎととび出し這い出し
この草地にたどりついて

ちりちりのラカン頭を苦悶の埃に埋める
何故こんな目に遭わねばならぬのか
なぜこんなめにあわねばならぬのか
何の為に
なんのために
そしてあなたたちは
すでに自分がどんなすがたで
にんげんから遠いものにされはてて
しまっているかを知らない
（「仮繃帯所にて」部分）

一九一七（大六）年二月十九日生まれの峠三吉は、十八歳の時に肺壊疽《えそ》（一九四九年まで肺結核と思われていた）となり、以後療養生活を繰り返し、一九四二（昭一七）年二十五歳の時にキリスト教の洗礼を受けるが、戦後の一九四九年にはサークル運動の延長から日本共産党に入党する。当時は多くの若者が未来を信じ、「平和」を願い、「革命」を夢見て共産党員となったが、「われらの詩の会」へと結実する「新日本文学」系の文学・政治運動を精力的に行っていた峠三吉も、その内の一人であったと言っていいだろう。ただ、政治的信条の吐露やプロパガンダに傾きがちな「原爆＝核状況」という主題も、その底に流れているのはあくまでも「あの閃光を忘れえようか」（詩「八月六日」）に象徴される被爆体験に固執した感情で、「にんげんをかえせ」という主張は峠三吉にあっては一貫していた。

なお、峠三吉の仕事を概観するとき忘れてならないのが、小学生から中学生、高校生、大学生、そして一般までを含んだ市民の作品から成る『原子雲の下より―広島の人々の平和のうたごえ―』（五二年九月青木文庫）の編集に作家の山代巴らと尽力したことである。その後広島では『詩集廣島』（五九年）や『平和詩集　わが内なる言葉』（六九年）、『詩集ヒロシマ―戦後二五年アンソロジー』（同）等、いくつかのアンソロジーが編まれたが、『原子雲の下より』のように小学生から一般の人まで幅広く参加し、かつその数が百二十四編と多いものは他になかった。その意味で、この詩集は画期的であった。例えば、次のような作品を収録したところに、このアンソロジーの特徴があった。

ぼくのあたま　　　　小学四年　河合賢司

ピカドンで
ぼくのあたまははげた
目もおかしくなった
二つのときでした
大きくなって
みんなが
「つる」とか「はげ」とかよんだ
また

「目くさり」といった
ぼくは
じっとがまんした
なきそうだったが
なかなかった

キリスト者として、共産党員として、そして被爆者として、峠三吉は常に「正しいことを為さねばならぬ」（「日記」一九四五年一〇月二二日）と思い続け、そのことを規範として行動してきたが、一九五三（昭二八）年三月一〇日、肺葉摘出手術中に息を引き取る。三十八歳、戦後の時空を激しく駆け抜けた結果であった。

第六節　「ヒロシマ・ナガサキ」を詠む――『歌集広島』『句集長崎』など

人は、自らの日常生活とかけ離れた経験をする時、その経験を何らかの形で表現＝対象化して残しておこうとするするものである。それは、時には絵画であったり、書であったり、音楽であったりするが、生活に最も近いところに存在する「言葉」を使っての表現が一番手っ取り早く、なおかつ確実であることを人は経験的に知っている。「ヒロシマ・ナガサキ」の惨劇に関して、これまで見てきたように、いち早く多くの体験記や手記と共に小説や詩が書かれたのも、故無きことではなかった。

その言葉を使った原爆＝被爆体験の表現のうち、最も広範な人々に採用されたのが短歌・俳句（川柳）といった伝統的な短詩型表現であった。万葉集時代から続く短歌（和歌）という表現形式、あるいは芭蕉、一茶、蕪村という才能によって江戸期に隆盛を見た俳句（俳諧）、これらは日本語の七・五調（五・七調）という韻律に依拠した表現であることによって、明治期に本格化した詩やある種の才能が要求される小説＝物語より人口に膾炙していたということがある。例えば、現在でも地方における文学活動を同人雑誌によって推し量った場合、詩誌や小説・評論誌よりは圧倒的に歌誌・句誌の方が多い。中央・地方を問わず短歌結社・俳句結社の数も多く、たくさんの人々がそれらに参加している。自治体の広報誌や企業の社内報などにも「短歌欄」「俳句欄」を設けているものは多く、短歌愛好者・俳句愛好者の数は計り知れないと言える。

そのような短歌・俳句の在り方は、「ヒロシマ・ナガサキ」に関する表現にも反映している。広島において広く市民からの作品を募集して一冊の歌集にした最初は、一九五四（昭二九）年の『歌集広島』（歌集広島編集委員会編）であった。さまざまな結社や流派、短歌サークルから二二〇名（七五三首）の参加を得て成ったこの歌集は、被爆体験を詠ったもの、原爆症の苦しみを表現したもの、戦後の再軍備を告発したもの、朝鮮戦争を批判したもの、戦後状況を表現したものものなど多岐にわたっていた。もちろん、二二〇名全てが被爆者ということではなかったが、「ヒロシマ・ナガサキ」を原点としていることでは変わりがなかった。

・異様なる閃光突如眼射ぬ怪しみ深く声とならざり（荒森琢三）

・傷つきし母を背にしてのがれ出し橋の向ひに我が家は燃ゆ（伊藤春江）
・踏み入るる足場もなくて教室の其の内外に屍ならぶ（石井貞子）
・焼跡のいらかの下に半焼けの手ののぞき居り何をか求めし（石井千津子）
・掘り出しし骸の血泥はらひやる此の友も今朝は元気なりにし（内田英三）

作者は有名無名を問わずアイウエオ順に収録されているのであるが、最初の方から「被爆時」を詠ったものをアトランダムに選んでみた。おそらく、これらの作品は「時事詠」の部類に入るのだろうが、目に焼き付いて離れない自分が体験した出来事を素直に短歌という形式によって言葉にしていることがわかる。『歌集広島』には、このような「被爆時」を詠った作品が多いのだが、その中に「鎮魂」の意を込めたものも多数見ることができる。

・河原の砂ほり義父のむくろをば荼毘に附したり風なき夕（潮規矩郎）
・中学生となりしよろこびも四月余り友等は逝けり八月六日（越智満）
・焼け跡に瓦礫掻き分け父の骨叔父叔母の骨拾いて泣きぬ（亀田鳳年）
・我が父は出勤せしまま不明にて墓に埋むる何物もなし（河内格）
・原爆にひび割れし墓石の間来て小さしここに母は眠れる（熊野喜久男）

被爆から時間が経って原爆症の何たるかがだんだん判ってきて、そのことに苦しむ被爆者のことを詠った作品も多い。特に、ケロイドが顔や身体に残った若い女性＝「原爆乙女」についての作品が目立つ。

・結婚の言葉残酷なりと云ふ原爆乙女のケロイドあはれ（今岡忠輔）
・ケロイドの指に合わせし手袋を賜ひし日より乙女歩まず（今元春江）
・装ひて街ゆく乙女の片頬に紅はなじまずケロイドありて（岡田逸樹）
・ケロイドの厚き唇手ミシンの針に近づけて生きる乙女あり（神田三亀男）
・原爆火傷の腕いつぱいに花を抱きぼくを無視して笑みき少女は（島　昭）

日本の再軍備やアメリカの核実験に象徴される核政策に対する「抗議」を表した作品も多い。あれほどの惨禍をもたらしたにもかかわらず、再び「戦争」の準備をする政府や「ヒロシマ・ナガサキ」から何も学ばないように見えるアメリカの在り方に対する「憤り」や「無力感」が、この種の作品を書く動機になっていると思われる。一九四九年のソ連による原爆開発の成功とそれに続く核軍拡競争の始まり、そして翌年六月の朝鮮戦争の勃発を契機とする日本の再軍備（警察予備隊→自衛隊の創設）、これらはまさに「ヒロシマ・ナガサキ」を蔑ろにしたところで進められたものであった。「ヒロシマ・ナガサキ」をもたらした原爆について、単なる巨大な力を持つ兵器としてしか考えない人々によって進められた核軍拡競争、それに対する人々の反意が、『歌集広島』には充満していたと言える。

・武器積みし貨車過ぎてゆく遮断機の前に黙して吾等は立てり（品川楊村）
・平和のための原子弾投下といふ輩いろ変わりしこの土をみつめよ（新迫重義）
・ビキニの水爆実験よケロイドの底うづきくると友の怒れり（土居貞子）
・黒き鳥羽ばたき初めて平和都市広島に来る軍備賛美者（中川雅雄）
・過ちは繰返しませんと云ふ裏に再軍備は着着進みぬ（西本昭人）

負傷した被爆者の悲惨な姿や原爆症に苦しむ姿を詠ったものも、『歌集広島』には数多くある。

・痛がるをすかしつつ背の火傷に涌きし蛆虫を箸でとりやる（新見隆司）
・命のみ生きながらへて幸ならずある時は爆死を羨しみにけり（白島きよ）
・白血病で逝きし幼子解剖の骨髄の様は忘れ得ずして（原田節子）
・かたむいたひさしの暗い部屋に伏す少女の原子症は肺を侵しき（深川宗俊）
・九年をひたすら平和を希ひたり原爆症の皮膚を撫でつつ（藤岡貢）

一九五五年八月九日に刊行された『句集　長崎』（平和教育研究集会編）に示されている思想も、その基本は『歌集　広島』と変わっていない。しかし、七二五人（二千二百句）の作品を集めた『句集　長崎』の場合、作品を長崎に限定せず全国から募集し、それを掲載している点で広島市民を対象にした『歌集　広島』と違う特徴を持っていた。「ヒロシマ・ナガサキ」が地域に限定されるものではなく、まさにこの地球規模の問題であることを編者たちは理解していたのかも知れない。とは言え、四部構成の第一部「戦前の長崎」が如実に語るように、『句集　長崎』はこのような合同句集が持つ弱点でもある網羅主義に陥っていたという側面も持つ。長崎や原爆に関すること、あるいは平和に関することであるならば何でも収録する、そのような編集方針で編まれた句集であるからなのか、時代を経て作品を読むと焦点のぼやけたものが結構収録されていることも判明する。先の第一部の他に「第二部　被爆時の長崎」「第三部　戦後の長崎」「第四部　原爆体験記」で構成されている『句集　長崎』において、やはり際立っているのは第二部と第三部である。そこから、いくつか作品を引いてみる。

・あはれ七ヶ月の命の花びらのやうな骨かな（松尾あつゆき）
・肉塊のくすぶりに明けし夏の夜や（吉田すゑ）
・子の骨のガラス剥ぎをり汗湧かす（浜野五十栄）
・風も死せり原爆屍臭天へ天へ（隈治人）
・焼かれゆく学徒の数や夏銀河（高田共鳴子）

爆心近くにあったため崩れ落ちて瓦礫となったた浦上天主堂に象徴されるカソリックの町に相応しく、「祈りの長崎」と言われるような作品も散見される。

・原爆忌氷心平和を希ふて哭く（犬塚春径）

・流灯にクルス画くも聖地ゆえ（津田たけを）
・原爆忌汗の十字架握りしむ（荒川大造）
・八万の祈りをこめて平和像（真島康平）
・鼻欠けの使徒尚五月の陽に祈る（萩原風骨）

これらの作品からは、短歌でも同じことが言えるのであるが、十七文字という短い言葉に自らの思いを込めるということの難しさ、および伝統的な表現形式であることによる約束事、例えば季語などに縛られた不自由さを感じる。とは言え、「原爆忌」が季語として認められていることの意味も私たちは考えなければならない。被爆者にだけではなく、この国の人々全てに「ヒロシマ・ナガサキ」は意識されていることを、それは意味しているからである。

第七節　心に刻まれた「広島・長崎」

一九四五年八月六日・九日に広島・長崎に出現した「この世の地獄」は、原民喜や大田洋子たちのように、その時その場にいた者にだけ言葉＝表現を促したのではなかった。以下、サンフランシスコ講和条約が結ばれる一九五一年までに書かれた原爆文学の作家名と作品を被爆者であるか否かに関わらず、年表風に記す。

小説

(一)阿川弘之『年年歳歳』(四六年)
『八月六日』(四七年)(後に長編『魔の遺産』五四年)
(二)若杉慧『乳房あるアマゾン』(四九年)
(三)細田民樹『広島悲歌』(四九年)
(四)広中俊雄『炎の日―一九四五年八月六日』(五〇年)
(五)武田泰淳『第一のボタン』(五〇年)
(六)井伏鱒二『カキツバタ』(五一年)
(七)佐多稲子『歴訪』(五一年)
(八)丸岡明『贋きりすと』(五一年)
(九)山代巴『或るとむらい』(五一年)

詩歌集

(一)『平和歌集』(武村好郎編　五〇年)
(二)『川よとはに美しく』(詩集米田栄作　五一年)
(三)『群列―途絶えざる歌抄』(深川宗俊編　五一年)

手記・記録

・『絶後の記録―広島原子爆弾の手記』(小倉豊文　四八年)
・『雅子斃れず―長崎原子爆弾記』(石田雅子　四九年)、ほか多数。

この他にも、被爆直後の広島を訪れて被爆者にインタビューし、写真と文章で原爆の恐ろしさを

「ニューヨーカー」(四六年八月三〇日号)誌上でアメリカの国民に知らせたジョン・ハーシーの「ヒロシマ」など、人類が「核時代」という新世紀に突入したことを告知する作品が、占領軍(GHQ)の布くプレス・コードの網の目をかいくぐるようにしてこの時期続々と発表されるということがあった。その中でも、例えば広島を生まれ故郷とする阿川弘之の短編『年年歳歳』や『八月六日』、あるいは『魔の遺産』は、中国(漢口)から帰郷して多くの親戚や知人達が被爆した現実を知ったことを原点に、怒りや呪詛を抑えて「事実」によって「ヒロシマ」の現実を語らせようとするもので、創造=想像を根底に置く文学の王道をいった作品でもあった。

ともあれ、「書きのこさねばならぬ」(原民喜)、あるいは「いつかは書かなくてはならないね。これを見た作家の責任だもの」(大田洋子)と同じようなメンタリティーによって、被爆の現実が多くの人々によって証言=表現されたのである。

第二章「被爆者」の戦後

第一節　「被爆者差別」――井上光晴『手の家』『地の群れ』

広島・長崎の惨劇から生き残った人たち、すなわち被爆者たちが戦後すぐから現在に至るまで決して「良好」とは言えない境遇に置かれてきたことは、「被爆者援護法」が被爆後五〇年経った一九九五（平七）年であった（「被爆者特措法」は一九六八年）に制定されたこと一つをとってみても、明らかである。俗に「ぶらぶら病」などと言われた原爆症が発症し、あるいは死に至る原爆症の発症に怯えながら戦後の時空を生きてきた人々に対する為政者たちの「冷たい」態度は、兵士として戦争の犠牲者になった人々に対する処遇（遺族年金、等）と比較してみれば、明確である。特に、戦後間もなくの時期にはあからさまに、現在では隠微な形で存在してきた「被爆者差別」とも言うべき社会の対応は、この国の人々の「歪んだ」メンタリティーを表徴するものとして、看過することができない。

これには、二つの理由があると考えられる。一つは、世界で最初の原爆（被爆者）使用を世界戦略の実験対象としてしか見ていなかったと思われるアメリカの被爆者＝「ヒロシマ・ナガサキ」に対する態度である。アメリカは、占領軍として日本に上陸した直後、広島・長崎に「戦略爆撃（原爆）調査団」を送るとともに、その調査団の報告を基に一九四八年には広島・長崎に科学者、軍事学者、医者、等から成るＡＢＣＣ（Atomic Bomb Casuality Commission・原爆災害調査団）の施設を設け、原爆が人体に及ぼす生物学的・医学的影響について長期間継続研究を行うよう指示した。ロス・アラモスの研究施設を中心に進められた「マンハッタン計画」において、原爆が人体に及ぼす影響については、当然ながら実験できず、その爆発力についてはニューメキシコ州アラモゴードのトリニティー・サイトにおける実験で測定できても、その実際を予測すらできなかった、というのが現実であった。そのため、アメリカにしてみれば、被爆＝原爆の人的影響を研究するための施設が早急に必要だったのである。

　ここで注意を喚起しておきたいのは、ＡＢＣＣが行ったのはあくまでも「調査・研究」であって、被爆者の「治療」ではなかったということである。しかも、占領軍（ＧＨＱ）のプレス・コードを持ち出すまでもなく、冷戦構造下にあって「原爆」に関する研究は一切「秘密」にされ、原爆症にかかってＡＢＣＣに行った被爆者たちは、その結果を知らされなかったということである。頭の毛が抜けたり、下痢が続いたり、血を吐いたり、貧血で倒れたり、無闇に体がだるくなったりする「ぶらぶら病＝原爆症」は、わけの分からない病気として治療法もままならない状態で放置され続けたのである。

　もう一つは、占領下ということもあって、日本の為政者たちも「ヒロシマ・ナガサキ」の出来事を人類史上（地球規模）の問題として捉えることを怠け、結果的に広島・長崎という地域に封じ込めてしまったということがある。言い方を換えれば、後のスローガンに関係付ければ、「唯一の被爆国」という特権的な物言いとは裏腹に、弱者を切り捨て蔑《ないがし》ろにする長い歴史が「ヒロシマ・ナガサキ」を地域に限定し放置し続けたということになる。今まで経験したことのない原爆症に対して、その解明・治療法の開発を誠心誠意行うのではなく、ABCCと同じように放棄し続けたのが、この国の現実だったのである。もちろん、広島原爆病院の院長重藤文夫のように、現場の医師たちは被爆者やその原爆病に対して真摯に対応していたが……。

わけの分からないもの、奇妙なものを排除しようとするのが、ある意味では「普通の＝正常な」現代における社会である。血液異状を主原因とする原爆病患者（被爆者）が、憐れみや同情と共に社会から「忌避」されたのも、先の二つの理由を考えれば、無理からぬ面があったと言わねばならない。被爆当時、爆心からは遠く離れた長崎県の崎戸炭坑で働いていた井上光晴が、被爆直後の長崎を歩き回り、かつその後多くの被爆者が避難していった長崎各地で政治運動をしながら経験したことを基に、『手の家』（短編、六〇年）及び『地の群れ』（長編、六三年）を書いたのも、そのような被爆者に対する社会（国家）の対応を人間の「負性」と見る思想と感性を持っていたからと思われる。『手の家』の冒頭には、「長崎県西彼杵《にしその ぎ》郡××村の女の話」として、次のような文章が置かれている。

長崎のピカドンにやられた家の娘は年頃になっても嫁にはいかれんよ。長崎から移ってきた孤児や、人々のことをみんなとまらん部落のもん、とまらん部落のもんとよんどるけんねぇ。とまらんとは血のとまらんことたい。あそこの部落のものはエタと同じじゃというて、みんな嫁にもいけん。

ここにこの短編の主題は全て集約されていると言っていい。井上光晴は、舞台を「隠れキリシタン」の歴史を持つ焼き物部落に設定し、そこに長崎の教会が作った「手の家」と呼ばれる孤児収容施設に育った被爆女性の結婚問題を絡ませて、長崎の惨劇からほど遠くない時期、長崎市以外の土地でも被爆者が「差別」的に取り扱われていた現実をえぐりだした。つまり、井上光晴は被爆者の多くが苦しんだ原爆病が「血液」の病として人々に忌避されていた実体を、露骨な差別を隠すことなく伝えている「長崎県西彼杵郡××村の女の話」を詞書として置くことで、創作の意図を明らかにしていたということである。

また、これは井上光晴の手法の特徴でもあるのだが、ここでも直線的な形で主題に迫るのではなく、「隠れキリシタン」と長崎の正統的「カトリック」とのぎくしゃくした関係の中に被爆者差別の問題を潜り込ませることによって、差別意識に象徴されるこの社会の「暗部」を照らし出す方法をとっている。二つの題材、つまり被爆者差別とキリスト教の内部問題を複線的かつ交叉させて描いているということである。そのような枠組みの中で、井上光晴は流産した「手の家」の被爆者が出血し続け死に至るという出来事を中心に据え、被爆者が置かれた絶望的なまでに悲惨な状況を描き出していたのである。もっとも、正面から被爆者差別の問題を小説の中で取り上げた最初は、被爆者故に村八分にされた家族の悲劇的な姿を描いた山代巴の『或るとむらい』(五一年)である。そして、井上光晴の『手の家』は被爆者差別が一向に改善されることなく、さらに深刻化していた現実を撃ったところに意味があった。

『手の家』から三年後に書かれた長編『地の群れ』では、そのような深刻化した被爆者差別がのっぴきならない状態になっている状況に大きな一石を投じるものであった。『地の群れ』は、母が被差別部落の出身であることからいつもびくびくしながら生きている医者の宇南親雄《うなんちかお》とその妻の英子、母のアマネ、被爆で黒焦げになった浦上天主堂のマリア像を盗んで破壊した不良の津山信夫青年、被爆者の青年に強姦された「被差別部落の娘」福地徳子とその母松子、初潮の出血が止まらない家弓安子と、被爆者であるにもかかわらず被爆時長崎市にいなかったと主張し続けるその母、宇南親雄の記憶の中に甦る山村工作隊（中核自衛隊・日本共産党の武装闘争を荷負う組織）時代に亡くなった友人の森次庄治（妻の英子はかつて森次の恋人だった）、を主な登場人物とする。これら何らかの形で「負＝差別」を背負った人々は、この物語の中で様々に絡み合い重層的な関係を作り上げる。社会の下層に生きる人々は、本来なら「共同性」を作り出すことで自分たちの苦からの解放を目指すべきであるのに、実体としてはお互いがバラバラな状態で足を引っ張り合うような暮らし方をしている。そのことに対する作者の「苛立ち」や「焦燥感」がこの長編の背景にある、と言っていいかも知れない。

そのように考えると、錯綜するこの国の差別構造を象徴的に描き出す意図で敢えて強調したと思われる、次のような結末部における福地松子の死の場面は圧巻である。

「実際、娘も娘なら、親も親だ。いきなり何の関係もない家に、強姦したとかなんとかいうて怒鳴りこんできて、やっぱり部落のもんはどこかちがうねえ」

「部落のもん……」福地松子は最初、殆ど聞きとれぬぐらいの低い声で、それを反唱した。

「部落のもん……」彼女はいった。「そいじゃ、部落のもんと知っとって娘を疵ものにしたとたいねえ……」彼女は自分にいいきかせるようにまたいった。（中略）

「あんたは、この海塔新田が世間でなんといわれとるか知っとるとね。知らんことはなかろう。あたし達がエタなら、あんた達は血の止まらんエタたいね。あたし達の部落の血はどこも変らんけど、あんた達の血は中身から腐って、これから何代もつづいていくとよ。ピカドン部落のもんといわれて嫁にも行けけん、嫁もとれん、しまいには、しまいには……」

その時、うっ、うっ、と呻くような声を出している宮地重夫の足もとに、どこからか飛んできた石が鈍い音をたててはね上がった。つづいて、またひとつ。石は滑るような音をたてながら福地松子の左肘をかすめた。

「なにするとね」福地松子はあたりを見廻した。（中略）石は次々に暗い納戸の方向から単なる脅しではなく兇器のように鋭くうなりをあげながら彼女にむかってきた。石は彼女の膝にあたり、彼女がしゃがみこむと同時に、彼女のコメカミに、したたかに命中した。

井上光晴は、この『地の群れ』において「被差別部落」と「海塔新田＝被爆者部落」を対立させることで、被爆者差別に限らず差別と被差別の関係は単純なものではなく、錯綜しているのがこの国の暗い現実であると主張しているのである。言い換えれば、日本の「差別構造」を剥き出しにしている被差別部落に対する差別だけではなく、新たに「被爆者差別」を生み出してしまうこの国の人々の貧しいメンタリティー（精神の在り方）を、井上光晴は『地の群れ』で告発したのである。差別されている者が、自分より更に負を背負ったと思われる人を見つけて差別する悲しき現実、『地の群れ』を読むと、私たちの内部に巣くうそのような悲しい精神に気付かされる。もちろん、『地の群れ』の井上光晴は、断固「被爆者差別」は許すべきでないという立場を、作品を通して明らかにしているのではあるが……。

なお井上光晴は、最終章で詳述するようにこの『地の群れ』以降も「核」を主題にした作品を書き続けた。その意味では稀有な戦後派作家であったと言うことができる。

第二節　「被爆者差別」と緊張する想像力――井伏鱒二『黒い雨』

広島県福山市出身の井伏鱒二が、戦後の早い時期に短編の『カイツバタ』を書いていることについてはすでに触れたが、ベトナム戦争がいよいよ泥沼化の様相を呈してきた六〇年代半ば近くになって、先のアジア太平洋戦争をそのただ中で経験した井伏鱒二は、被爆者差別を中心に置いたドキュメンタリーの手法をとった本格的な原爆小説を書き始める。一九六四年一月号の「新潮」誌上に『姪の結婚』（後に『黒い雨』と改題）と題して連載を始めた作品が、それである。なぜ当初『黒い雨』は「姪の結婚」と題して書き始められたか。ここにこの長編のテーマが集約されている。

この数年来、小畠《こばたけ》村の閑間《しずま》重松《しげまつ》は姪《めい》の矢須子《やすこ》のことで心に負担を感じて来た。数年来でなくて、今後とも云い知れぬ負担を感じなければならないような気持であった。二重にも三重にも負目を引受けているようなものである。理由は、矢須子の縁が遠いという簡単なような事情だが、戦争末期、矢須子は女子徴用で広島市の第二中学校奉仕隊の炊事部に勤務していたという噂《うわさ》を立てられて、広島から四十何里東方の小畠村の人たちは、矢須子が原爆病患者だと云っている。患者であることを重松夫妻が秘し隠していると云っている。だから、縁遠い。近所へ縁談の聞合せに来る人も、この噂を聞いては一も二もなく逃げ腰になって話を切りあげてしまう。

この冒頭において、井伏鱒二は「原爆病患者」が暗黙のうちに結婚を忌避されるという当時の現実(差別)、およびそのような「噂」に惑わされる人々の在り方を声高にではなくさりげなく書き込むことで、原爆が人々にもたらした残酷な悲惨な現実を、この作品を読む者にあらかじめ了承させる。このようなさりげない書き出しは、実は原爆＝被爆の問題が一部の人の問題ではなく、日本人(普通の人々＝庶民)全体の問題であると知らしめると同時に、被爆を実際に体験した原民喜や大田洋子の作品と違い、作者が自分は被爆者ではないという確かな前提のもとでこの作品に取りかかったということをも意図していたと考えられる。あくまでも客観的な立場＝非被爆者の側から「人間」存在を根源から否定する原爆＝被爆を捉えようとした態度の表明、と言い換えてもいい。

だからこそ井伏鱒二は、できるだけ被爆者が体験した「事実」を尊重する方法でこの長編を書き継ごうとした。公刊された被爆体験記や手記を読み、多くの被爆者から話を聞き、それを基にこの長編を構想したのである。中でも、資料として重松静馬から提供された「被爆日記」(以下「重松日記」)は、作品の骨格を規定するものとして最重要に考えていた。――井伏鱒二が亡くなる(一九九三年七月十一日没)のを待っていたかのように、広島の老歌人(豊田清史)を発生源とする『黒い雨』盗作説がマスコミに流れ出したのも、各種の資料＝「事実」によって原爆＝被爆がもたらした現実を表現しようとした井伏の方法に起因したと言える。なお、この『黒い雨』盗作説は、井伏鱒二研究者や「重松日記」

の関係者による実証的な反論で、結局は老歌人の「自己宣伝」を意図した「妄想」に基づくものと結論づけられ、それに踊らされたマスコミこそ笑いものになった。

ともあれ、作品は「姪の矢須子」が八月六日の当日広島市内にいなかったということを証明するために、八月六日の前日から被爆後の八月十五日までの重松静馬・シゲ子夫妻、矢須子の行動を「日記」形式で書き記していくという形で展開する。間に「広島被爆軍医予備員・岩竹博の手記」(これも実在した医師の「手記」を基にして井伏がいくらか手を入れたもので、事実＝資料によって被爆当時を再現させようとした井伏鱒二の方法が、よく現れている)が挿入されている。作品は、閑間重松の「日記浄書」による矢須子の非被爆証明という努力の甲斐もなく、爆心から遠く離れた宇品港(現広島港)の勤め先から閑間重松のところに避難しようと市内を歩いて「黒い雨」を浴びた矢須子が、結局「原爆症」を発症してしまう展開となる。矢須子の症状は、叔父夫妻の願いも虚しく悪化の一途を辿り、作品は次のような重松の思いを残して閉じられる。

これで「被爆日記」の清書は完了した。あとは読み返して厚紙の表紙をつければいいのである。

(中略)

「今、もし、向うの山に虹が出たら奇蹟が起る。白い虹でなくて、五彩の虹が出たら矢須子の病気が治《なお》るんだ」

どうせ叶《かな》わぬことと分っていても、重松は向うの山に目を移してそう占った。

この冒頭と結末が見事に照応している構成によって、作者は健康であった矢須子が「被爆日記」が清書されている間に、重い原爆症の症状を呈するようになったという現実を読者に突き付け、そのことで被爆＝原爆の恐ろしさを訴えていると言っていいだろう。このことが意味するのは、いつ、どのような形で発症するか分からないのが原爆症であり、被爆者は常にそのような「爆弾」を抱えた生を強いられているということに他ならない。この長編の主人公（語り手）である閑間重松が、「どうせ叶わぬことと分かっていても」「白い虹ではなくて、五彩の虹が出たら矢須子の病気が治る」と「占った」というのは、被爆者の切なる思いを井伏鱒二が代弁したものと言ってよく、そこに作者の願い（思想）が集約されていたと考えられる。このような井伏鱒二のさりげない反戦・反核思想は、「重松日記」を土台にした「被爆日記」の清書場面にも随所で見られる。例えば、「十一」の次のような個所。

橋のたもとのところに、人が仰向けに倒れて大手をひろげていた。顔が黒く変色しているにもかかわらず、時おり頬《ほお》を脹らませて大きく息をしているように見える。目蓋《まぶた》も動かしているようだ。僕は自分の目を疑った。荷物を欄干に載せかけて、怖《おそ》る怖るその屍《むくろ》に近づいて見ると、口や鼻から蛆虫《うじむし》がぼろぼろ転がり落ちている。眼球にもどっさりたかっている。蛆が動きまわるので、目蓋が動いているように見えるのだ。

僕は或る詩人の詩の句を思い出した。少年のころ雑誌か何かで見た詩ではないか思う。

——おお蛆虫よ、我が友よ……

もう一つ、こんなのを思い出した。

——天よ、裂けよ。地は燃えよ。人は死ね死ね。何という感激だ、何という壮観だ……

いまいましい言葉である。蛆虫が我が友だなんて、まるで人蝿が云うようなことを云っている。馬鹿を云うにも程がある。八月六日の午前八時十五分、事実において、天は裂け、地は燃え、人は死んだ。

「許せないぞ。何が壮観だ、何が我が友だ」

僕は、はっきり口に出して云った。

荷物を川のなかへ放りこんでやろうかと思った。戦争はいやだ。勝敗はどちらでもいい。早く済みさえすればいい。いわゆる正義の戦争よりも不正義の平和の方がいい。

（傍点引用者）

この傍点部は「重松日記」の「八月十三日」の項にも同じようなことが書かれており、そこから借用した表現だと思われるが、「蛆虫」に対する言葉と考え併せると、実際の被爆者である重松静馬と同化した井伏鱒二の本音がここには現れている。先にも少し触れたように、かつて「カキツバタ」（五一年）で、井伏鱒二は広島から百キロ近く離れた疎開先の福山市でも八月六日の惨劇がいかに大きな破壊力によってもたらされたものであるかを、カキツバタの「狂い咲き」に託して書き留めていた。この短編の淡々とした書き方は、自分と原爆＝被爆とが切実に交叉しないことを前提としていたのではないかと感じられるものであった。それから十余年、『黒い雨』の井伏鱒二は、ベトナムでの悲惨な状況が開高健の『ベトナム戦記』（六五年）等で伝えられ、改めて戦争が人間存在を否定するものであると考えさせられていたとは言え、「いわゆる正義の戦争よりも不正義の平和の方がいい」と宣言するまでに、大きく変化したと言っていいだろう。

なお、『黒い雨』は野間文芸賞を受賞するなど連載が完結した直後から高い評価を受けたが、その大半は、例えば江藤淳の「『黒い雨』は、原爆をとらえ得た世界で最初の文学作品である。原爆について書かれたものは無数にあるが、私にはそのどれもが文学になっているとは思えなかった。そのすべてが『原爆』という観念、あるいは『悲惨』という情緒に依存して、この未曾有の体験を見据える眼をもてなかったからである。しかし井伏氏は、平常心という一点に賭けることによって、かじめてこの異常事の輪郭を見定めた。ここには人間として、作家としての氏の永年の修練がかかっている」(「文芸時評」朝日新聞一九六六年八月二十五日) のように、「文学＝芸術」の世界に封じ込めて事足りるといったものであった。この長編から井伏鱒二の理不尽な「被爆者差別」に対する憤りや反戦・反核思想を読み取る批評家は少なかった。現在でも、江藤淳的評価は健在である。原爆＝被爆と言えば、すぐに「政治」や反核運動（原水禁運動）を連想する悪しき習慣が現代文学の世界では今でも生きている、と言えばいいだろうか。

しかし、改めて強調しておきたいのだが、『黒い雨』が原爆文学の最高傑作の一つとして高い評価を受けているのは、作者井伏鱒二の細やかな描写力と共に、そこに明確な反戦・反核思想が底流し、非人間的な「被爆者差別」への怒りが無理なく描き出されていたからであった。そうであるが故に、『黒い雨』は各国語に翻訳されて世界中で読みつがれているのである。「ヒロシマ・ナガサキ」の現実をこの『黒い雨』を通して知り、そこから反核・反戦の思いを強くする人が、現在でも世界には多数存在することを私たちは忘れてはならない。

第三節　引き裂かれた「愛」——佐多稲子『樹影』

実在の人物をモデルに長崎の原爆＝被爆と民族を超えた恋愛（不倫の関係）を描いた佐多稲子の『樹影』（七二年）には、「プロローグ」とも言うべき次のような文章が置かれている。

あの人たちは何も語らなかっただろうか。あの人たちは本当に何も語らなかっただろうか。あの人たちはたしかに饒舌ではなかった。それはあの人たちの人柄に先ずよっていた。（中略）この人たちの愛のかたちが、世間的に正常でないということは、その日その日のこまかな実際で感情をゆすり、そこにむしろ身を任せていることにもなったにちがいない。それはこの人たちの心のどこかで甘い蔽いの役をした。この蔽いによって、この人たちは自分の心のもっと深部にひそむ苛立ちと恐怖を押さえていたといえようか。それは人間の毎日というおのおの当然さであった。だからこの人たちは饒舌ではなかった。むしろ殆ど、言葉には出さぬものであった。それほどこの人たちの苛立ちと恐怖は二人の間でさえ形になし得ないものであった。それはただ微妙なかげりとして意識されつつ自分自身をさえ瞞着するものであったろう。この折り重なった屈折はこの人たちの十年の月日を貫いて流れ、やがておたがいの悲哀のうちにあらわになってゆきながら、遂にはそのかげりによっておたがいの引裂かれていたことに気づくしかなかったのであろう。

（傍点引用者）

ここで言う「あの人たち」は、この長編の主人公である妻子のある画家麻田晋と茶房「茉莉花」を経営する華僑の女性柳慶子のことである。二人とも長崎の被爆者である。麻田と柳慶子の関係は、慶子が友人に紹介されて麻田に新しい店の設計を依頼したことから始まった。二人を結びつけたのは、それだけではなかった。麻田は戦前に治安維持法違反で検挙され半年余りの拘留生活を経験しており、慶子も華僑ということで日中戦争から敗戦まで「敵国人」としての扱いを受けるという過去を持っていた。それに、二人は日頃の無理がたたったのか同時期に肺結核（肺湿潤）に罹り、共に同じ病院で気胸の手当を受けていた。二人の仲は急速に近づいていく。しかし、彼らの身体は次第に原爆によって蝕まれることになった。麻田は「黒い雨」を浴びているし、慶子も被爆後の浦上地区をリヤカーを引いて歩き回っていた。

麻田の手首の上に暗紅色で浮き出ていた斑紋が、慶子の胸の中で慄えをひろげた。麻田の上にそれが現れたということで慶子は、今の麻田との話にもむしろぽきぽきした返事しかできぬほどあわてているが、放射能の問題そのものは、突然という感じではなかったのである。原爆投下から十三年目の今年、放射能は再認識の下に改めて社会的に取り上げられて問題になっていた。長崎でも今年原爆病院が出来て、原爆症の調査や検査が行われるようになり、市民のこの問題に寄せる関心も新しく呼び起されていた。これまで原爆症といえば、大抵の場合白血病であったが、今年の調査では、白血球に異状がなくても、骨髄を冒してゆく潜伏性のものがあると発表されている。（中略）これは長崎の市民にとって無関心でいられることではなかった。慶子も、その兆候と見られる症状や、被災状況の範囲はこの頃知っていた。

麻田の手首の暗紅色の斑紋に続いて、慶子も手足のしびれ、胃腸の弱さを抱え、上膊部や股に斑点風のものが出てくるようになる。慶子の耳鳴りも不気味な兆候と言えた。麻田と慶子の仲は、麻田の身体に原爆症の症状が顕著に現れるようになって更に深まっていくが、麻田が命を削るように精魂を傾け続けている絵の制作の方は、彼が所属するD美術協会と違う傾向のためか不遇をかこち、次第に色を失った作品になっていった。慶子の体調の悪さは相変わらずで、寝たり起きたりの毎日を送っていた。そして、ついに麻田の原爆症は肝硬変（肝臓癌）という形で最悪の状況になり、慶子の看病も虚しく帰らぬ人となる。被爆から十五年目の一九六〇年八月であった。

麻田が亡くなった後、自分の国の言葉＝中国語を知らないことを恥じていた慶子は図書館主催の中国語講座に出るようになり、中国本土を祖国と思う気持を強めていくが、そんな日々を過ごすうち彼女もまた病を重くし、誰にも看取られることなく店（茉莉花）の二階で静かに息を引き取る。原爆症を背負った麻田と慶子の悲しく激しい恋の物語は、慶子の葬儀の場面で終わるが、作者は最後を実に印象的な言葉で締め括っている。

麻田の弟の足元のすぐ一段下の墓地には、巻物を形どった巨大な石碑が今もまだあのときのままだった。それはあの一瞬の事実を二十二年間持続して見せているひとつのものであった。枯れ草の中に仰向けになった石碑の、細かな漢字を連ねて彫ったおもてにはひび割れの線が一本走っていた。

石碑の一本のひび割れが原爆でできたものであることは、言うまでもない。後に十四歳で被爆した林京子が『ギヤマン　ビードロ』（七八年）の中で、被爆時に存在した長崎のギヤマン（ガラス製品）に無傷のものがないといった主旨の言葉を登場人物に語らせていたが、この最終場面の言葉には、何も語らないように見える石碑にも一九四五年八月九日の惨劇は刻印されている、という佐多稲子の怒りや無念さを内に秘めた思いが込められていると言っていいだろう。原爆＝被爆の本当の恐ろしさをこの『樹影』の最後の場面は語っている、と言い換えることもできる。

なお、『樹影』という原爆文学の特徴は、被爆後＝戦後の時空を生きた被爆者の生を、決して幸福であったとは言えない「恋愛」という形で展開したことだけではない。戦前に私小説的な作風でありながらプロレタリア文学の陣営で活躍した作家らしく、麻田晋と柳慶子との恋愛を戦後の歴史及び社会的な出来事との深い相関において展開していることである。具体的に言えば、麻田と慶子の原爆症の進行と原水禁運動の推移とを絡ませたり、中国の文化大革命と慶子の中国語学習を関係づけたり、人々（被爆者を含む）の生活と社会の動き、あるいは「政治」と深い関係があることを、この『樹影』では見事に実現させたのである。例えば、次のような部分にそれはよく現れている。

死の灰という問題が大きく取り上げられてきて、慶子自身の関心も引き出されている。それを扱った新聞記事も丹念に読んだ。今年の春の梅雨をおもわせる天候も異常だとあったし、昨年の暖冬や、梅雨どきの空梅雨も、そして真夏の冷気も例年にない異変で、原水爆の実験によるものと書いてあった。この水爆が七十個爆発すれば地球上の生物のすべては機能障害を起して生息できなくなる、ということや、焼津の被災者の一人の死が放射能による機能障害であったという学術会議の発表も読んでいた。昨年は新地の内にひとりの同胞が、潜在した原子病と診断せざるを得ないと宣告されている。慶子はふっと、毎日の自分の身体の不調に引きつけて考えて、その一瞬ひんやりと身体が萎えたようになったとき目を据えた。そして彼女は早々にそこから自分をはずした。柳慶子が、長崎の女たちの新しい活動に自分の何か云う資格はない、と意識するのは、政治的な面だけであった。

柳慶子の外国人登録証明書はこの春、更新手続きをとらねばならなかった。在住許可の三年の期限がきたからである。初めのときこの政令に抵抗して、とにかく指紋を押すことだけでもしなかった。が今回また病気診断書を出すというわけにはゆかなかった。柳慶子は期限切れのぎりぎりまで伸ばして、しかし結局は出向かねばならなかった。

柳慶子が「在日外国人」であるが故に、「政治＝原爆問題」について発言することができないというような具体的な問題を通して、佐多稲子は原爆＝被爆問題・原水禁運動の難しさを、ここで明らかにしていると言っていいだろう。戦後社会を真摯に凝視しそこから作品を紡いできた作家の「良心」が、このように広い視野から原爆＝被爆をとらえさせることになった、と言えばいいだろうか。「長崎が、自分の故郷というだけでなく、もうひとつの別の意味で心にかかるようになった理由は、あらためて云うまでもないことであろう。……そこにいもしなかった者が長崎を書こうなどとおもうことは不遜だという気持があり、描き得る力もないと考えるからであった。それほど長崎は重くおもわれた。……が、その後の数年の間に、長崎とのつながりが濃くなってゆく過程で、その長崎が自分のものになっていったということがある。……そのつながりは私には運命的にさえおもわれるものである」（「あとがき」）というような長い間の長崎への思いがあって、『樹影』は書かれたのである。

とは言え、長い間長崎について考えてきた佐多稲子には、『樹影』以前に「原爆」をテーマにした短編として、『歴訪』（五一年）、『今日になっての話』（五二年）、『色のない画』（六一年）の三つがあり、この内、『歴訪』と『色のない画』は、『樹影』の前身（スケッチ）とも言うべき作品で、この二つの短編を発展させて『樹影』に仕上げたと考えられる。機の熟するのを待って、『樹影』は書かれたのである。

第三章 「ヒロシマ・ナガサキ」の文学

第一節 原爆を落とした人たちの物語——堀田義備『審判』いいだもも『アメリカの英雄』宮本研『ザ・パイロット』

一九四五年八月六日・九日に広島、長崎の両市に起こった未曾有の出来事は、アメリカの核独占を覆す一九四九年八月二十六日のソ連による核実験の成功による東西冷戦構造下における核軍拡競争の激化、五四年三月一日に起こったアメリカのビキニ島での水爆実験によるマグロ漁船第五福竜丸の被爆、等によって、次第に人類史の問題として、あるいはグローバル（地球的規模）な視点からの考察が行われるようになった。井上光晴や井伏鱒二が「被爆者差別」という新たな問題に取り組んだ作品を発表したのも、そのような原爆問題の広がりや流れと無縁ではなかったと言えるだろう。

広島や長崎に原爆を投下したパイロットや乗組員を主人公にした堀田義備の『審判』（六三年）や、宮本研の戯曲『ザ・パイロット』（六四年）、いいだ・ももの『アメリカの英雄』（六五年）が書かれたのも、そんな世界情勢の在り方や原爆文学の流れを考えると必然であった。それに加えて六〇年代に入ると、原爆＝被爆に関してだけではなく、先のアジア太平洋戦争に関しても、敗戦国であったためにどうしても「被害」の面からのみとらえがちであった傾向を脱して、「加害」の側からも戦争の全体を考えるという姿勢に変わりつつあった。つまり、戦争は辛かった、悲しい思いをたくさんした、というような「お涙頂戴」を根底に潜ませた戦争総括ではなく、日本は、そしてアメリカは戦争において敵国に対してどのような加害行為を行ったのか、何故そのようなことが起こったのか、といった観点から戦争をとらえるように変わってきていたのである。例えば、「日本人の中国における戦争犯罪の告白」という副題を持つカッパブックスの『三光』（神吉晴夫編）が刊行されたのは、一九五七年であった。中国大陸における日本軍による「殺し・焼き・奪う」という、所謂「三光作戦」の実情を明らかにしたこの本が、先の大戦を「聖戦」と思い込まされていた日本人に与えた衝撃は大きかった。何の罪もない女や子供、老人といった「無辜《むこ》の民」を、「五族共和」「大東亜共栄圏の建設」なる美名の下に「殺し・焼き・奪う」対象とした文字通り侵略戦争を、この時期になって客観的に考察するようになった結果であった。

堀田義衞の『審判』は、まさにそのような日本軍の中国における「加害」責任と、アメリカによる広島・長崎への原爆投下＝加害責任を、人々の身体と精神を抹殺し傷付けたという意味で等価であるという思想によって追及した長編である。この作品において狂言回しの役割（語り手が作品の中心に置いている人物）を果たしている出《い》で音也教授の義弟高木恭助は、兵士として中国戦線で戦っている時に非戦闘員の中国人六人を殺したことで、復員した今も精神に異常を来したまま、現在は出《い》で家の食客になっている。普段の生活では常人のように振る舞う恭助の精神が時折り狂うのは、中国で犯した「犯罪」の責任は誰がとるのか、自分なのか、軍隊（兵士達）なのか、それとも日本（人）全体なのか、あるいはあの時代の最高責任者であった天皇裕仁（昭和天皇）なのか。答は堂々巡りをするばかりで、誰も恭助を苦しみから救ってくれないからである。

一方、広島に原爆を投下したエノラ・ゲイ号や長崎に向かったボックス・カー号を先導する気象偵察機「ストレート・フラッシュ号」のパイロットであったポール・リボートは、復員後に生まれた二人の子供が奇形であったことから妻とは離婚し、精神病院に出たり入ったりする生活を送っており、たまたま輸送機を操縦してグリーン・ランドへ行ったとき知り合った出教授に誘われて、日本の土地を踏むことになる。ポールは恭助から「この男は、広島と長崎の爆発で、まさに真空のところへ吹きとばされ、放り出されてしまったのだったか。なにも無いところへ、放り出されてしまったのだったか。……この男は、まさに人間のなかにいながらにして無いところへ、前例のない、なにも無い、絶滅地帯、人間の歴史の以前だか、以後だかは知らないが、まさに極北の氷原へ放り出されたのだったろう」（傍点原文「第二部十四　キリストは一人か」）と思われるような精神状態のまま、恭助や出教授の家族らと病からの「恢復」を求めて六〇年代初めの日本を歩き回る。しかし、自分が抱えてしまった精神の「地獄」から解放されることはなく、「クツウ（苦痛）」は消えない。それは、「〝広島〟というものが、自分にとってはもうずっと前から、あのとき以来、すでに自分にとって自分自身の自然、あるいは主体以上のものになってしまって」（傍点同）おり、それ故「その名を呼ばれることは自分を、真実の自分を呼び出されること」（共に「第四部三〝トタルメンテ・ソロ〟」）なっており、真実の自分と向き合うことを避けてきたからであった。

そしてポールは、一人で広島へ行き、復興した街を歩きながら「真実の自分」を呼び出そうとするが、市内で買った鬼の能面をかぶって「ワタ……クシハー……、オニー……デスー……（私は鬼です）」と、原爆資料館のある平和公園を駆け抜け、平和大橋から身を投げて行方不明となる。原爆投下という大きな「罪」に加担した自己呵責から逃れることができず、ついに自己処断してしまった原爆パイロット。作者はここで、あくまでも「個」にこだわりながら、戦争＝原爆が人間の存在を根源から破壊するものであることを明らかにしている、と言っていいだろう。敗戦の年の三月に就職先の国際文化振興会から派遣されて中国（上海）へ渡り、十二月から中国国民党宣伝部に徴用されて四七年一月まで「戦後の中国」で過ごした堀田義衞ならではの、戦争＝原爆論がこの『審判』には詰め込まれていたのである。

中国戦線における日本人の蛮行とアメリカの原爆投下とを同一平面で考えた堀田義衞の『審判』とは違って、いいだ・ももの『アメリカの英雄』は、原爆パイロット＝核状況という戦後の世界構造を象徴する存在を抱えたアメリカの内部も、また「病んでいる」ことを描いた作品、と言うことができる。別な言い方をすれば、原爆投下を行った「加害」の側も、それが核という人間存在を根底から否定する存在によって、おのれのアイデンテティーを脅かされ、結果的に被爆者とは違った意味で「被害者」となってしまうことを、『アメリカの英雄』は描いているということである。物語は、最初から最後までアメリカ本土が舞台で、主人公は広島に原爆投下を行ったエノラ・ゲイ号の先導機ストレート・フラッシュ号の機長クロード・イーザリーとなっている。イーザリーたち広島と長崎に原爆を投下したチームは、戦争が終わった時、もし戦争が長引いて日本本土で戦闘が行われれば数十万人のアメリカ人兵士の命が失われるという想定（実際は二万人強）を実現させなかったということで、「スーパー・パイロット＝アメリカの英雄《アメリカンヒーロー》」と呼ばれ、アメリカ国民から歓呼をもって迎えられた。階級もそれぞれが二階級特進し、退役後は多くの企業が破格の待遇で彼らを受け入れた。まさに彼らは「アメリカの英雄」だったのである。

しかし、イーザリーを含む何人かは、一九四六年八月三十一日号の『ニューヨーカー』誌の全ページを使ったジョン・ハーシーの「ヒロシマ特集（NO MORE HIROSHIMAS !）」を見て、愕然とする。アメリカ軍に従軍していたハーシー記者は、被爆直後の広島を訪れ、完全に破壊された広島市の光景を写真に撮り、生き残った人（被爆者）六人にインタビューして被爆＝原爆の悲惨さを伝えていたのである（現在、ハーシーの『ヒロシマ』は法政大学出版局から邦訳が出ている）。「平和のため」、「アメリカ人兵士の命を救うため」に自分たちが落とした原爆によって、広島の罪なき人々が数十万も死傷し、今なおその後遺症で苦しんでいる現実を知って、イーザリーたちは自分たちの犯した「罪」の重さを自覚するようになる。

（『ニューヨーカー』誌を読んだ）街の人々は、前にもまして、私を〈英雄〉だとか〈勝利の男〉だとか呼びとめ、「たいへんだったんだなあ」と改めて私の手柄話を聞きたがった。私は、かきのようにかたくなに口をつぐみ、眼に見えて痩せ、人と会うことを恐れるようになった。（中略）

私は、『ニューヨーカー』をボロボロになるまで、何回も何回も読んだ。どこにでも持ちあるいて、読んだ。（中略）

私は、気休めにしかすぎなかったが、私の精神養子の数をさらにふやし、送金を私に可能な最大限にまでふやした。私は、できることなら、ヒロシマにおもむき、フラナガンがおかした失礼の分までふくめて、涙とともに、許されることのけっしてない私の原罪への許しを乞いたい、と切に思った。（傍点原文）

そして、イーザリー（たち）は次第に精神を病んでいくのであるが、一方でアメリカ政府や軍は、イーザリーの動向を探りに来た空軍の代将が、「君はアメリカ軍人としての最高の責任感によって数十万人のわが青年たちの生命を救ったのだし、赤魔どもにも思いちがいの余地のない警告をきっぱりと与えたわけだ。そのことに関しては、君は何も悩むことはない。あれは第二次大戦の終りの合図ではなかったのだからな。君が同情をもちはじめたらしい、哀れな日本《ニップ》人向けられたものでさえ、あれはなかったのだからな。あれは、君も今では分かっとる筈じゃが、冷戦の通告宣言だったのだよ。」（傍点同）、と話したことに象徴されるように、軍事的にしか原爆＝ヒロシマ・ナガサキの出来事をとらえていなかったのである。原爆＝被爆を軍事（戦争）との関係でしか考えない人々と、それを人間（人類・地球）の問題として考える人との間に横たわる深い裂け目、そのことに作者は鋭く切り込んでいたと言える。

だからこそ、『ニューヨーカー』誌を読んでからの原爆パイロット・イーザリーに次のような言葉を発せさせたのだと思われる。

ヒロシマの一撃で破壊されたのは、私なのです。あなたなのです。アメリカ合衆国なのです。ノー・モア・ヒロシマズ！

加害者が被害者に、被害者が加害者に、さらに言えば被害者も加害者もなく、あるのは徹底した人間の文明と生命の破壊だけ、という極北の状況を生み出す原爆について、いいだ・ももはこの『アメリカの英雄』でよく追究し得ていた。充分に読まれている原爆文学とは言えないが、相変わらず核が世界において問題となっている現在、もっと読まれていい作品だと言える。——なお、ここで注記しておきたいのは、一九四五年の八月に広島・長崎で起こった出来事に対して「ヒロシマ・ナガサキ」とカタカナ書きする意味についてである。それは、アジア太平洋戦争の過程で出現した広島・長崎両都市の人的・物的破壊が、世界の在り方、人類史（滅亡の可能性）の問題、地球の未来に関する問題、あるいは世界の反核運動の原点として捉えられるような場合、具体的な都市名である漢字の広島・長崎とは違ったニュアンスを持たせて、使用するということである。

宮本研の『ザ・パイロット』も、主要な登場人物の一人が「自己処罰」のために、何度も金融機関への強盗を繰り返しては逮捕されるストレート・フラッシュ号のパイロット（ここでは「クリストファ・リビングストン（クリス）」）になっている。舞台は長崎である。彼は、密航船で神戸に上陸し、広島を経て三度目の訪問（一度目はストレート・フラッシュ号で、二度目は被爆直後）になる長崎に到着するのであるが、原爆による惨劇から二十年経った長崎で彼が見たものは、未だに癒えない傷を心身に刻印した被爆者たちであった。毎年八月十五日になると天皇の「世界中が平和になるまで耐えなさい」という「玉音放送」が聞こえるという祝六平太、クリスが二度目の長崎訪問時に寝た娼婦の娘（？）あぐり、

ＡＢＣＣで亡くなる六平太の母・筆、六平太の息子和平（あぐりの恋人）、等々に囲まれて、クリスは自分の犯した「罪」と二十年間の苦悩について、被爆者たちに語る。

クリス　祝さん。……わたし、日本人みんなわたしを許している、そう考えていた。日本人、わたしを許す。憎まない。……たぶん、そう。……でも、あなたがた、ちがう。あなたがた、みんなでわたしを憎んでいる。責める。……それ、わたし、ばばしゃまから知りました。……ばばしゃま、わたしにいった。……クリス、お前死ね。死ね。……でも、わたし死なない。自分で死ぬこと、簡単。だから、それ、しない。……わたし、いままで、生きながら死んでいた。でも、これからは、それだめ。わたし死ぬ。そして、生きる。……ばばしゃまわたしにいいたかったこと、その意味。

（中略）

クリス　フランシスと踏絵さん殺したの、わたしです。マリア様殺したの、わたしです。そしてあぐり、わたしの娘です。……みなさん、この首見てください。この顔、こわしたのはわたしです。この顔、資料館から盗んだの、わたしです。そこの人の首しめたの、わたしです。……みなさん、笑っていないで、わたしを殺してください。わたし殺されたいです。……それいうためです。

この『ザ・パイロット』が明らかにしているのは、「自己再生」の難しさと言っていい。単に過去に犯した罪を「懺悔」することだけでは「再生」できない自己。真の意味で自己を「再生」するためには、一度過去の自己を「殺さなければならない＝清算しなければならない」。しかし、被爆＝原爆に対して加害の側も被害を受けた側も、戦後の二十年間果たしてそのようなことを行ってきたか。この「反省の無さ」という点では、体制＝支配者の側も個人も同じである。宮本研の笑いを含んだ『ザ・パイロット』に見え隠れする「無念さ」は、まさに「人間」を置いてけぼりにして核軍拡競争に明け暮れた戦後の世界状況に対する「異議申し立て」であった。

このことは、堀田義衞の『審判』、いいだ・ももの『アメリカの英雄』にも共通することで、一九六〇年代に入って加害者＝原爆パイロットの側から原爆＝被爆をとらえる作品が次々と発表されたのも、被害の側にある日本が明らかに軍事同盟である日米安保条約を一九六〇年に更新したことと、決して無関係ではなかった。ソ連（旧）と中国を意識した日米安保条約が、ヒロシマ・ナガサキ＝の現実を捨象して、世界の核状況を悪化させる因子の一つになってしまっていることに対する「文学」による抗議・怒りが、これらの作品には底流していたと言ってもいいだろう。

第二節　「ヒロシマ・ナガサキ」を起点として——原爆ＳＦの発生

長い間、原子力エネルギーに対する「驚嘆」「憧れ」、あるいは「期待」がいかに大きかったかは、原子力潜水艦ノーチラス号が活躍するサイエンス・ファンタジー『海底二万里』（ジュール・ヴェルヌ原作・邦訳一八八四年）が、未だにＳＦ小説の原典の一つとして読み継がれていることでもよくわかるだろう。キューリー夫妻がラジウムが天然に放射能を出していることを発見したのが一八九八年のことだから、それより以前から人類は夢のエネルギー＝原子力に「バラ色の未来」を見ていたのである。しかるにそれは、人類の未来に貢献するより前に核分裂に伴う巨大なエネルギーに着目した人々によって、「兵器」として開発されることになった。そして、一九四五年七月十六日・ニューメキシコ州アラモゴードの実験場で、八月六日・広島で、九日・長崎で人類初の核兵器は爆発し、一つの都市を壊滅させるだけの力を人々に見せつけた。

この途轍もない力を持った「核兵器」が、世界＝地球の在り方、人類の未来を左右するものであることについては、その兵器の直接的な被害者である日本人ならずとも誰もが理解することであった。「ヒロシマ・ナガサキ」を起点とする原爆ＳＦ（サイエンス・フィクション、サイエンス・ファンタジー）が書かれるようになったのも、そして現在もなお書かれ続けているのも、全てこの巨大な破壊力が理由だと考えられる。そして、原爆ＳＦは、核を生み出した「科学」に対する態度によって二つの極に分かれる。一つは科学に対する絶対的な信頼を心底に持つ楽天主義で、他方は科学に対する懐疑を内に秘めながらそれでも人間を信頼したいという願望主義である。まとめて言えば、「ヒロシマ・ナガサキ」を経験したことで、人類は起こるかも知れない第三次世界大戦＝核戦争の可能性や、核戦争後の惨憺たる世界を描く文学作品を手に入れたが、それらは決してニヒリズム一色に染められることなく、人間への信頼を最後まで失っていないロマン＝物語になっているということである。

例えば、『未確認原爆投下指令―フェイル・セイフ―』（六二年邦訳、アメリカ・バーディック＆ウィーリー、橋口稔訳）は、精密さとそのチェック機能の万全さを誇るアメリカ核戦略最高司令部において、一部品の不備から原爆を搭載した戦略爆撃機がフェイル・セイフ・ポイント（常時敵国周辺を戦闘機やその他の飛行機で警戒しているアメリカ空軍が、警戒飛行から引き返す地点）を越えて、モスクワを目指して飛行を続け爆撃を実行しようとするところから、物語は始まる。ソ連側はあらゆる防御システムを動員して爆撃機の飛行を阻止しようとするが、それは適わず、ついに米ソの指導者はモスクワとニューヨークに一発ずつ原爆を落とすことで合意する。二つの巨大都市に住む人々を犠牲にして、それで世界大戦を回避するという結末、ここには「科学に絶対はない」というメッセージと共に、核大国の指導者や軍事関係者の冷静な「人類を思う気持」による核戦争の回避が楽観的に描き出されている。確かに、これまで世界大戦＝核戦争は行われてこなかったが、それが偶然の所産に過ぎないことは、朝鮮戦争におけるマッカーサー・アメリカ極東軍最高責任者の原爆使用の進言、キューバ危機、あるいはベトナム戦争における原爆使用の可能性、さらには未だに核保有国が核実験（臨海前実験も核実験の一つであることは、多くの科学者が指摘している通りである）を続けている現状を考えれば、すぐに了解できることである。

それに加えて、『未確認原爆投下指令』で決定的に欠落していたのは、原爆を投下されたモスクワとニューヨークの市民が蒙ったはずの惨状に対する作者の想像力である。広島型原爆の何十倍もの威力を持つ核兵器が開発されていた状況下で、何百万人もの人が暮らすモスクワとニューヨークの上空で核爆発が起こった場合、どれほどの被害が生じるか、本当にヒロシマ・ナガサキから学んでいればすぐに了解できることである。にもかかわらず、この原爆ＳＦ作品ではそのことに触れられていなかった。リアリズムを無視した「何でもあり」のＳＦ作品らしい甘さが露呈していたとも言えるが、『リトル・ボーイ再び』（七〇年、ブライアン・Ｗ・オールディス、伊藤典夫訳）などを読むと、さらにその感を強くする。二〇四五年、全世界を統一した世界評議会は、戦争もなくあらゆる快楽を経験した世界市民のために、一〇〇〇年前の「広島」を再現しようと「原始的」な核兵器リトル・ボーイを製造し、人々の上で爆発させるというショーを企画実施する。何十万人もの人が死ぬショーは、多くの観客を得て大成功のうちに終わる。作者は「核」を弄ぶ精神の堕落を皮肉ったのだろうが、何とも人を食った話で、広島・長崎の被爆者ならずとも被爆の実態をいくらかでも知った者には、ぞっとするより前に怒りがこみ上げてくる作品である。

この他にも、第三次世界大戦＝全面核戦争を扱った作品には、『破滅への二時間』(五八年、P・ブライアント)、『わだつみ丸は帰った―一九六二年一〇月八日』(六二年、高橋泰邦)、『コマンダー1』(六五年、P・ブライアント)、『ロト』(初出年未詳、W・ムーア)、『消えた原爆搭載機』(七一年、M・ケイディン)、『合衆国最後の日』(同、W・ウェイジャー)、『マサダ・プラン』(七六年、L・ハリス)、『第三次世界大戦』(七八年、J・ハケット)、『十五時間の核戦争』(八三年、W・プロワノー)、『スカーレット最終戦争』(八七年、D・アーロン)など、多数ある。

また、核戦争後の世界を描いた原爆SFも多数存在する。映画にもなった有名な『渚にて』(五七年、N・シュート)を始めとして、『長い明日』(五五年、R・ブラケット)、『レベル・セブン』(五九年、M・ロシュワルト)、『最終戦争の目撃者』(六〇年、A・コッペル)、『子供の消えた惑星』(六四年、B・W・オールディス)、『マレヴィル』(七二年、R・メルル)、『コーンの孤島』(八二年、B・マラマッド)、『荒れた岸辺』(八四年、K・ロビンソン)『ウォー・デイ』(同、ストリーバー＆クネトカ)等々、である。そして、これら核戦争後の世界を扱ったものは、二つの傾向に大別できる。一つは、核戦争にも生き残った人々が、努力のかいもなく最終的には死滅していくもので、もう一つは様々な障害を乗り越えて雄々しく生き残っていくものである。

全面核戦争後にも生き残った人々が、ついには死滅していく様を描いた作品の典型として『レベル・セブン』がある。この作品は、地上が放射能に汚染され尽くした状態にあって、地下四千数百フィートに造られた再び地上に出る装置のないシェルターの中で生活する人々を描いたもので、五〇〇年は保つと言われた設備が放射能に汚染された地下水のため六層まで駄目になり、最後に残った七層で生活する人々も頼みの綱の原子炉故障で死に絶えていく、という物語である。全ての人が「核」によって滅ぼされるというこの『レベル・セブン』は、核戦争に備えてシェルターを用意している人々に対する皮肉・警告と同時に、「核の平和利用」という幻想もまやかしであることを、はっきり宣言する作品になっている。まだ原子力発電（原子炉）の効用が喧伝されていない一九五九年にこのような警告を発した作者の先見性こそ、自由な発想によって支えられる文学の妙味と言ってもいいが、見方を換えれば、一九四五年八月六日以来、人類の死滅が日程に上ってしまったことを『レベル・セブン』は如実に物語るものであった。また人々もそのようなことが念頭から去らない「虚無」の日々を送るようになったことの証、というようにも考えられる。

とは言え、概して原爆ＳＦは、『長い明日』の解説で福島正実が次に言うような批判を免れないのではないか、と思われる。

じっさいＳＦは、あれだけの酸鼻な災厄を経験したにしては、これはと思う作品を、あまりに少ししか創り出し得ませんでした。それはあるいは、この種の作品が、文学作品としてよりも、より多く警世的な意味合いをこめて書かれたからかもしれませんし、そうなれば、とくにアメリカの作品に顕著なように、最終戦争というものに対する政治的な自己確認という意味を当然もってきますから、どうしても結果的には核抑止戦略の肯定につながる〈生きぬいた者こそが勝ち〉という意識で、作品が書かれる。こうした状況のなかからは、核に対する、あるいはそれを生みだした現代文明や、都市や、技術管理のありかたに対する徹底的な反省も批判も出てこないし、したがって、よい作品も生まれないかもしれません。

つまり、この種のＳＦは本来、核という問題を、一度人間対科学とか、現代文明の体質そのものの問題に還元した上で書かれなければならないでしょう。

最も早い時期の原爆ＳＦ『爆圧』（四六年、Ｓ・スチュウアート）で、核戦争後のニューヨークに唯一人生き残った主人公が、原爆に対して「新しい神だ」と呟く場面が出てくるが、まさに原爆＝核は一九四五年八月以降人類（地球）の頭上に君臨する「神」になったと言っていいだろう。そのように考えると、原爆ＳＦはその「新しい神」が人類に対して絶対的な力を見せつける様々な局面を、「ヒロシマ・ナガサキ」を原点としながら想像力によって描き出した世界とも言える。

なお、先に羅列したように数において圧倒している外国の原爆ＳＦの中にあって、この国の戦後文学を代表する二人の作家武田泰淳と三島由紀夫に、原爆を中心に置いて書いた『第一のボタン』（五一年）と『美しい星』（六二年）のあることを忘れてはならない。『第一のボタン』は、その作品内部に漂う虚無感の激しさによって「滅亡教」の教祖と言われた武田泰淳が、人類滅亡をもたらす核のボタンを押す役割を担った政府の「技術部」将校を主人公に、「人類の敵」「原始党」「ボタン戦争」などという作品の骨格を形成する言葉を使って、「科学と機械」対「人間」の対立を描いたものである。作品の時間は、書かれた時から四〇年後の一九九〇年に設定してあるが、もうその時は過ぎてしまったとは言え、武田泰淳の想定した「科学」対「人間」の構図は二十一世紀になっても一向に変わっておらず、相変わらず人類（地球）の未来が誰かの押すボタンに委ねられていることを考えると、微かに人間の力も棄てたものではないなとも思うが、愕然としないわけにはいかない。核廃絶が人類の悲願であるにもかかわらず、新たにインド・パキスタン（それに北朝鮮）が核保有国として名乗りを上げ、さらに精密度を高めた核兵器が開発されている現状は、人々に深い絶望をもたらす何物でもない。武田泰淳は、『第一のボタン』でそのような現在を先取りしていたのである。

三島由紀夫の『美しい星』も、一九四五年八月に生まれた「新しい神＝核兵器」をめぐる神学論争を軸に、核状況下においてこの世界の「破滅＝終末」は避けられないという立場から書かれた長編である。水爆をこの世界における虚無の最高形態であるとする独特な考え方から、人間と存在する事物と「神」との在るべき関係を追求したこの作品は、この作品を発表した十三年後に自衛隊に乱入してクーデター決起を呼びかけ、それが適わないと知ると腹を切って自裁した三島の「虚無」の深さを、図らずも知らしめるものになっていた。三島は、この作品を発表した直後のエッセイ「私の遍歴時代」（六三年）の中で次のような言葉を書き留めている。

もう原子爆弾が落っこたってどうしたって、そんなことはかまったことじゃない。僕にとって重要なのは、そのおかげで地球の形が少しでも美しくなるかどうかということだ。

この言葉から、この時代に対するイロニーを汲み取ったとしても、そこに「ヒロシマ・ナガサキ」の死者や被爆者が不在であること、敷衍して「人間」が存在していないこと、このことは歴然としている。ニヒリズムの果てに四十五歳で死ななければならなかったのも、仕方のないことだったのかも知れない。

第三節　閉ざされた未来に――『ジェニーの日記』『最期の子どもたち』

原爆SFと言うより、「ヒロシマ・ナガサキ」の出来事を真摯に受け止めて書かれたと言っていい作品に、イギリスとドイツで書かれた『ジェニーの日記―核シェルターのなかで』(八一年、Y・ブルーメンフェルド、邦訳八四年)と『最後の子どもたち』(八三年、G・パウゼヴァング、邦訳八四年)がある。

『ジェニーの日記』は、冷戦状態にあった東西の陣営がついに全面核戦争に突入し、ジェニーの住むイギリスの田舎町も核攻撃の被害を受け、夫の独断でそれ以前に購入していた核シェルターに逃げ込んだジェニーと二人の子供が、同じ核シェルターに逃げ込んだ人々と過ごしたシェルター内の生活を日記の形式で記録した部分を中心に、最後には「日記」の書き手であるジェニーたち生き残った人々もみんな死んでいくという物語である。

まず、この作品の書かれた背景を考えると、この作品には「ジェニーの日記」の後に「〈核〉時計の針は進む」という長い著者のあとがき（手紙）が付いているが、それを読むと、この作品が一九八〇年代の始めにヨーロッパ各地（著者の国イギリスも含む）にＮＡＴＯ（北大西洋機構）軍＝アメリカ軍が巡航ミサイル・パーシングⅡを実戦配備したことに端を発した核戦争の危機をきっかけに書かれたことがわかる。西側のパーシングⅡの実戦配備に対抗して、東側＝ソ連が同じく巡航中距離ミサイル・ＳＳ20を配備したことによる緊張を背景に、この作品は書かれたということである。この東西陣営間における緊張＝核戦争の可能性は、ヨーロッパだけでなく世界的な反核運動を呼び起こし、一九八三年の国連軍縮週間にはニューヨークで百万人を超えるデモが組織されるなど、各地で大規模な反核・軍縮運動が展開された。日本でも一九八二年の一月に発せられた「核戦争の危機を訴える文学者の声明・署名運動」を皮切りに、かつてない規模の反核運動が繰り広げられたのである。「〈核〉時計」とは、アメリカの科学雑誌「サイエンス」が毎号表紙に刷り込んでいる「核戦争まで〇〇分前」を表示する時計のことで、八〇年代初めにはそれが「三分前」になったこともあった。著者Ｙ・ブルーメンフェルドは、「あとがき（手紙）」の中で次のようなメッセージを私たちに向けて発している。

友人たちよ、今は、何という厳しい季節《とき》でしょう。それでも、君はいざ知らず、僕には、お手あげだ、関係ないよ、とそっぽを向くことはできません。

この狂気を前にして、僕にできることは何もないと、子どもたちに告白することもできません。軍拡競争の必然の結果としての、人類の総自殺という考えは、僕には受け入れられません。

ひょっとすると、僕は間違っているのでしょうか？　そうかもしれません。異邦人の攻撃に直面した際のローマ人のように、僕ももっと平然と、自分の運命を受け入れるべきかもしれません。けれども、われわれ各人が、たった一人の例外もなく、平和で民主的な方法を通して、核弾頭の削減のために力を尽くすなら、こんないかがわしい運命を変えることは、今なお可能だと僕は信じるのです。

核貯蔵は自殺線以下に減らされるべきです。これが大統領の指令によってできない理由はない、と僕は思います。

核戦争、そしてそれの元凶となる核保有は、人間（人類）の自殺行為であるとする著者の考えは、この『ジェニーの日記』に過不足なく生かされている。何よりもまず、全面核戦争＝核爆発が起これば、この地上の人類の殆どが生き残れないことを、核シェルターに避難した人の悲惨な最期を描くことで強く押し出している点に、それは現れている。具体的には、核戦争が始まる前のジェニーが普通の主婦・母親であり、夫と子供を愛しているが、素敵な愛人と時々メイク・ラブして刺激を楽しむ人間に設定することで、そのような平凡な日常を送る人間にも、そしてたぶん戦争を起こした為政者たちにも、「平等」に放射能は襲いかかり滅亡させてしまうとしていることに、それは示されている。

逃げ込んだ核シェルター内での生活にしても、それが人間生活の「自然」からほど遠いために様々な問題を引き起こし、例えば男女の関係、親子の関係に狂いが生じ、あたかも「原始」に戻ったかのような、およそ何千年もの歳月をかけて築き上げてきた秩序を破壊する関係（乱交など）になってしまうことが、自らもそのような「無秩序」に巻き込まれながら、この「日記」に書き進められる。別な言い方をすれば、近代の「科学」は「自然」を征服することに喜びと満足感を得てきたのに、二〇世紀の「科学」＝核は人間からその「自然」と「文明」を根こそぎ奪ってしまう可能性があることを、この『ジェニーの日記』は暗示しているということである。

四十九日目

エリックが、創世記から読んでくれた。

「日地の上に昇れり。エホバ、硫黄なす火をソドムとゴモラに雨《ふ》らしめ、その市と低地とそのまちの人および地に生《お》ふるところのものを、ことごとく滅したまへり……」

エリックと私は、苦悩、生存、子孫、文明、複数神の可能性――などについて、長いこと話し合いを続けている。最後にはいつも混乱したまま終わるのだけれど……

核爆弾による大虐殺で終わるのなら、天地創造にどんな意味があったのだ？　この結末を避けることができない以上、生存というものを真剣に考えることなんかできない。この点で、私たちは一致している……なんて、むなしいこと！

生きることの意味を考えることさえ奪ってしまう核シェルター内の生活＝核戦争・核爆発、繰り返すがここには核が人間存在の極北に位置することが明らかにされている。営々と築き上げてきた文明を否定して本能だけで生きるような核シェルターにおける生活、これが核時代を生きる人間の現実であるとするならば、何と悲しいことであるか。『ジェニーの日記』からは、作者の嘆きと怒り、そして人類に対する警告が伝わってくる。

そのような嘆きや怒りを基調とした『ジェニーの日記』に対して、作者の「虚無感」がより濃く漂っているのが、G・パウゼヴァングの『最後の子どもたち』である。設定は『ジェニーの日記』と同じように、東西冷戦の緊張が高まりつつあったある日突然核戦争が始まり、ドイツ（ヨーロッパ各地）に核弾頭の雨が降り注いだ時から物語は始まる。母方の祖父母が住む東ドイツ近くの「シェーンボルン村」（架空の村）で夏休みのバカンスを過ごすために、フランクフルト近郊の町を出発したロランド少年の家族を中心に物語は進行する。十二歳のロランド、父と母、それにロランドより三歳上の姉、四歳下の妹、という五人家族がどのように核攻撃を受けた後の世界を生き抜いて行ったか、物語は十七歳になったロランドが四年前の出来事から現在までを振り返る形で進む。孫たちのためにテントを買いに隣の大きな都市（ここも直接攻撃された）に行った祖父母は行方不明になり、シェーベンボルン村で生き残った人々も、急性の原爆症を発症させたり、その後に流行ったチフスで次々と死に、隣の市や近郊から村に避難してきた人も、食料や医薬品が不足するようになって、これまた次々と死んでいく状況の下で、ロランドの家族は協力しあって祖父母の家で生き抜こうとする。しかし、髪の毛が抜け始めた姉は、失意のうちに息を引き取り、妹も食糧事情が極端に悪化したため死んでしまう。

そして、一人の孤児を引き取って育てていたロランドたちは、ある日母の妊娠を知らされる。母は自宅のあるボナメスに帰って子供を産みたいと願い、ロランドたちはボナメスを目指して歩き始めるが、そこで知ったのはフランクフルトとその近郊が壊滅したことであり、行く先々の村や町が大打撃を受けて、人々が原爆症や食糧不足で苦しむ姿であった。自宅に戻ることを翻意した母は、シェーベンボルン村に帰って赤ん坊を包む毛布さえない状態で出産する。

枕《まくら》についた花文字のイニシャルが読めるぐらいの明るさになった。ぼくは、頭をおおっている上着をのけて、赤ん坊がどんな顔をしているのか見てみようと思った。

驚《おどろ》いた。ぼくは、声も出なかった。体はこわばったままだった。ぼくの妹、ジェシカ・マルタには目がなかったのだ。本来目のあるべきところには何もなかった。顔には、鼻と口がついているだけで、唇《くちびる》が僕の胸でお乳を探すように動いていた。

ぼくはショックのあまり、身動きひとつできなかった。赤ん坊は足をばたつかせても、枕《まくら》をもとに戻《もど》すことさえできなかった。

赤ん坊《ぼう》は丸裸《まるはだか》で血だらけだった。そして、両腕《うで》のつけねからさきがなかった。

『広島・長崎の原爆災害』（七九年）には、「胎内被曝」によって産まれた子供に目や手足の欠損があったという症例は報告されていないから、たぶんロランドの母親が生んだ赤ん坊の「異常」は、ベトナム戦争でアメリカ軍が散布した枯れ葉剤（ダイオキシン）による異常児出産から借りてきたものだろうと思われる。しかし、それとは別に原爆を受けた妊婦が出産時に死亡したり、死産したり、乳幼児の死亡率が異常に高かったり、非被爆者より「小頭症」児出産の確率が高かったりというように、原爆＝放射能が次の世代にまで大きな影響を与えるのは確かなことで、この『最後の子どもたち』がこのような形で未来を閉ざしてしまう核爆発の恐ろしさを表したことには、それなりの意味があると言わざるを得ない。

全体的にも、この『最後の子どもたち』は、広島・長崎に起こった苛酷極まる出来事を描いた原民喜や大田洋子の小説や多くの手記・記録、あるいは写真などから具体的なイメージを創り上げたと思われる場面が、多々ある。皮膚をボロ切れのように垂らした被爆者や、水をほしがる被爆者、毛髪の抜ける女性、色の付いた下痢、等々、外国で書かれた小説でこれほど広島・長崎で起こった出来事に近い描写をおこなったものはない。その意味でこの作品は最も「ヒロシマ・ナガサキ」から多くのことを学んでいると言えるが、作者が主人公のロランド少年に託して最も訴えたかったことは、たぶん次のようなことだったと思われる。

父さんは、あの日以後人が変わった。口数が少なくなった。授業を始めて間もないころ、顔に大きな傷跡《あと》のある男の子が「人殺し！」と叫《さけ》びながら、父さんの顔にチョークを投げつけたことがあった。その子は、しばらくして原爆症《げんばくしょう》で亡くなった。（中略）

しかし、たとえぼくが父さんや大人の人たちを責めたところで何ひとつ変わりはしない。核《かく》戦争の起きる前の数年間、人類を滅《ほろ》ぼす準備が進んでいくのを、大人たちが何もせずおとなしくして見ていたこと、父さんがいつも「そんなこと言ったってしょうがない」と、あきらめていたこと、また、核《かく》兵器があるからこそ平和のバランスが保てるんだと飽《あ》きもせず主張していたこと、そしてほかの人もそうだったけど、心地良さと快適な暮《く》らしだけを求めて、危険が忍《しの》びよるのに気づきながらも直視しようとしなかったことなど——いまさら、なぜ、と問いつめたところで何にもならないのだ。

そして、ロランド少年は、最後に次のように思う。

子どもたちにとって、読み書き算数よりももっと大切なことがあるとぼくは思っている。暴力《ぼうりょく》や盗《ぬす》み、争いのない社会をつくること、おたがいをいたわり、困ったときは助けあうこと、何か問題が起これば力をあわせて解決すること、そして、みんなが愛しあうこと。ぼくらは平和な世の中をつくっていかなければならない——たとえ、この世がもう長くは存在しなくても。

なぜなら、ぼくらはシェーベンボルン最後の子どもたちなのだから。

このロランド少年の怒りとあきらめを内に秘めた「悲痛」な叫びに、読者はどう答えるのか。東西冷戦構造が解体したとは言え、核状況は現在も全く変わっていない。

第四章　生き続ける「被爆者」

第一節　若き日に

多感な思春期にあって「ヒロシマ・ナガサキ」を体験した人々が長じて自らの体験を振り返り、その意味を小説という表現形式を通して考えようとした作品が、一九六〇年頃から発表され始める。被爆当時、中学生か女学校の生徒であった人たちが、三十歳ぐらいになって書き始めた作品ということになる。皇国少年・軍国少女だった人たちが、自らの被爆とその時代を客観的に見られるようになって、初めて書くことが可能になった原爆文学と言い換えることもできる。因みに『日本の原爆文学⑩⑪短編Ⅰ・Ⅱ』に収録された作品と作家を列記すれば、以下のようになる。

・『雲の記憶』（五九年、石田耕治・被爆当時十五歳）
・『過ぐる夏に』（六二年、岩崎清一郎・同十四歳）
・『重い車』（六三年、文沢隆一・同十七歳、被爆直後広島に入る）
・『赤と黒の喪章』（六三年、佃実夫・同二十歳、ただし被爆体験なし）

・『死の影』（六七年、中山士郎・同十五歳）
・『風化の底』（六七年、古浦千穂子・同十四歳）
・『焦土』（六八年、西原啓・同十八歳、ただし被爆体験なし）
・『同窓会は夏に』（六九年、小田勝造・同十四歳）
・『倉橋島』（同、藤本仁・同十五歳）
・『火と碑』（同、桂芳久・同十六歳）
・『刻を曳く』（七二年、後藤みな子・同九歳）
・『夏の刻印』（七六年、小久保均・同十五歳）
・『死者への勲章』（七九年、生口十朗・同十二歳）
・『広島巡礼』（八二年、深沢深雪・同十七歳）

＊1　この中で「被爆体験なし」としたものも、故郷が広島で親戚や友人が被爆したり、被爆直後に広島に入ったり、何らかの形で広島に関係していた。
＊2　この一覧で後藤みな子を除く全員が広島の関係者であることは、広島と長崎の「被爆体験」に違いのあることを物語っている。

他にも、後にエンターテイメントの流行作家になる梶山季之に『実験都市』（五四年）があったり、ポルノ作家として知られた川上宗薫に『残存者』（五六年）という作品があったりするが、梶山も川上も故郷（梶山・広島、川上・長崎）を襲った惨劇を若き日に対象化＝表現しているのは、彼らの良心の現れと言えるかも知れない。『実験都市』が、ＡＢＣＣ（原子爆弾災害調査委員会）の施設で起こった労働者のストライキをめぐって物語が展開し、『残存者』が家族を全滅させた被爆都市＝長崎に復員してきた兵士の数日を描いているのも、今はほとんど面影も残っていないような広島・長崎の戦後間もなくの風景を彷彿とさせ、印象深い作品になっている。

また、大江健三郎選・日本ペンクラブ編の文庫『何とも知れない未来に』（八三年）には、原民喜や大田洋子の短編と並んで、この世代の作品として『儀式』（六三年、竹西寛子・被爆当時十六歳）、『氷牡丹』（六六年、桂芳久）、『人間の灰』（七九年、小田勝造）、『死の影』（七一年、中山士郎）、『空罐』（七八年、林京子・被爆当時十四歳）の五編が収録されている。もちろん、この他にもたくさんのこの世代による原爆文学は書かれているのであるが、これら十四、五歳で被爆した少年や少女が大人になって自分の被爆体験を基にした作品を読むと、そこにいくつかの共通した特徴・傾向があることに気付く。

まずその一つは、戦後すぐから数多く書かれた体験記や記録との違いを際立たせるためか、できるだけ客観的・冷静に自らの体験を再構成＝作品化しようとする意識が作品に底流しているということである。例えば、石田耕治の『雲の記憶』は、被爆直後に死体処理を行う二人の男（教員と元教員）の会話によって進むのであるが、二人とも被爆し、一人はけがをしているにもかかわらず、二人からはおよそ緊迫感が感じられず、原因が分からないまま大惨事の渦中に放り込まれた場合、そのような「渇いた精神状態」になるのは当たり前、と思わされる作品になっている。二人のやりとりや行動から、まだ十分に「分別」が育っていない年齢で体験した出来事を小説化しようとすると、この作品のように「乾いた」印象を与えられるのかも知れない。

二つ目は、被爆した当時の自分をできるだけ「事実」に即して再現しようとするもので、小田勝造の『人間の灰』などはその典型と言える。「一九四五年八月六日の朝。」という一行で始まるこの短編は、被爆する前の自分がどのような少年であったかを記す。

私が、斜めうしろに、カーキ色の軍服を着た兵隊に気付いたのは、それからしばらくしてからであった。（中略）

陸軍幼年学校の生徒であることが、すぐに判った。しかしその軍服を着た少年は、電車の振動に身じろぎもしないで、石のように立っていた。（中略）

私は自分の汗の匂いと、その兵のからだからつたわってくる熱気のなかに、ふと軽い興奮を感じた。

銃をとって戦うことへの憧れが、私の胸をよぎるのである。この真夏の一と月のあいだに、特攻隊の死んでいくということの悲愴な感慨が、しじゅう私の胸に溢れていたのだ。

だがしかし、そのころちょうど青春の入り口にさしかかっていた私には、それとは全くうらはらに性への目覚めが勃然と起こり、出口を求めていたのだった。

主人公の少年はこのあと学徒動員中の工場で被爆するのであるが、夥しい人間の死とことごとく破壊された建物を横目で見て、山の中に設けられた避難所に辿り着く。そしてそこで見たものは、市内で目撃してきたのと同じ原爆の火で灼かれた人々であった。

私は社殿にのぼった。ひとわたりその光景を見回したとき、そこには、死が突然堰を切って流れ出し、生ける人々のあいだを狂奔していったあとではないかと思わせた。

私の伯母も、ひょっとすると、そのなかにまき込まれていったのではないか。

だが私には、悲しみはなかった。私はむしろ、人間が死んでいく過程を、つぶさに見ることが出来たのだ。それは大きな驚きであるとともに、好奇心すらそそったのである。

（傍点引用者）

自分の身に何が起こったのか、その「全体」を見ることができない時、人は微視的な部分に関心を寄せがちである。この短編の「私」も、遠い存在であった「死」が具体的な過程として目に前に現れたことに対して、「好奇心」むき出しで見ていたことを素直に告白している。井伏鱒二『黒い雨』に、被爆した閑間重松が勤務していた工場脇の溝で泳ぐメダカに目を奪われたり、避難していく道筋で名も無き花が咲いているのに目を留める場面があるが、そのような大人の「余裕」とは違った意味で、『人間の灰』の中学生は「死」に至る過程を見つめている。目の前で起こったことの意味を掴みきれなくて、ただ「事実」だけを好奇心むき出しで見ているしかなかったということだったのだろう。

三番目の特徴は、被爆者として生きてきた戦後の時間と被爆体験の関係を、生き続けてきたことへの感慨とともに考えようとしていることである。岩崎清一郎の『過ぐる夏に』や小久保均の『夏の刻印』などがその典型と言えるが、生口十朗の『死者への勲章』は、被爆者やその関係者が被爆後の日常生活において経験しなければならなかった「悲劇」を描いて、印象深い作品になっている。この短編は、夫が被爆死したため息子を苦労して育て、教師にまでした女性（田中初代）の戦後の姿を描いている。初代の息子浩は、昔から知り合いの被爆した家の娘と結婚して子供をもうけるが、被爆が原因と思われる骨髄性白血病で妻を亡くし、失意の内に何年か過ごした後、再婚してまた子供を授かり幸せな家庭を築いたその戦後二十年目に、亡くなった夫が「戦没者叙勲」されるという話である。作者の思いは、その最後の部分に書き込まれている。


日本国天皇は故田中和人を勲八等に叙し、白色桐葉章を贈る。

昭和四十年九月二十八日璽をおさせる。

（中略）


黒々と印刷された文字に目を走らせながら、初代の胸には、山登芳江の呟いた言葉が鮮やかに甦ってきた。今ごろになって、こんなものを貰ってもつまりません。全く、その通りであった。こんなものを貰っても夫の命が返ってくるわけでもない。

戦没者叙勲とやら、市長はそんな言い方をした。勲章を貰ったのは、なるほど田中和人である。しかし、あの原爆に殺されたのは、和人だけではない。泰江の父良三も兄和夫も、さらに姉秀子も殺された。泰江も、たつも、みな原爆にかかわる苦しみによって殺されたと言ってよい。この白い勲章は、それらすべての死者へのむなしい勲章であった。

「あんたも勲章を見たら……」

浩は、初代の言葉に背を向けて、縁側に腰を下ろしたまま、いつまでも遠い空を眺めやっていた。

ここに被爆者援護法のことは出てこないが、被爆者をずっと置き去りにしてきた政府が「戦争責任」も明らかにしない天皇の名による勲章を授けることで、被爆者に何ごとかを行ったとする権威主義を痛烈に批判している、と考えていいだろう。幾人もの死を乗り越え、苦労に苦労を重ねた被爆者の戦後が一個の「勲章」で癒されるはずがない、作者のメッセージは強烈である。この種の原爆文学に意味があるのも、このような形で「戦争＝原爆」をないがしろにしてきた戦後を相対化しているからに他ならない。

第二節　「精神の地獄」を描く――後藤みな子『刻を曳く』ほか

九歳の時に長崎で被爆した後藤みな子が描き出す原爆文学の世界は、一種独特な印象をもたらす。その理由は、単行本『刻を曳く』（七二年）に収録されている文藝賞を受賞した表題作、および『三本の釘の重さ』、『炭塵のふる町』のいずれもが、原爆＝被爆によって中学生の息子を失ったことから「狂気」の世界へと入ってしまった母親を、娘の目を通して描く構造にある。被爆直後から兄の姿を求めて長崎（浦上）の街を歩き回った母は、何日かして死の直前にあった兄を見つけ、遺品の鞄を持って避難先に戻ってくるが、その日から精神に異常をきたし、父の同僚で妻と三人の子供を原爆でなくした「永田先生」を父と勘違いするようになり、娘である「私」の首を力一杯絞めるといった「狂った」行動をとるようになる。

一握りの黒い髪が、おもいがけず簡単にすぽっと私の手から抜けて残った。ごぼごぼと噴きだす鼻血にまみれて、笛が鳴るような細い呼吸をしながら、私が床の上にやっと立ちあがった時、正面のガラス戸は左右にいっぱいに開かれ、母は白い寝衣をひきずり、足にひらひらとまといつかせながら、芝生の上を、昏い海へ向かって真直に走っていた。永田に示した、だらしのない媚態の母や、私のうえにのしかかり、首をしめあげた、一瞬まえの危機感を伴った獣じみた母と違って、硬くふりそそぐ月光の膜を切り裂くように、海に向かって走る母の後姿は、白い着物を着た舞姫が、暗い舞台でスポット・ライトを浴びて優雅な舞を舞っているような、いまを忘れさせる流麗な、そしてはかない女の姿の美しさを私の胸に焼きつけた。その母の姿が、後々、美しい母へのイメージを支え続けてくれた。

（『刻を曳く』）

自分たちが住む世界から完全に意思の通じない「狂気」の世界へ行ってしまった母親をこのような形で描けるというのは、それだけ時間が経ったということの証なのだろうが、原爆のもたらした「災害」が建物の破壊やそこに生きる人間の身体的損傷だけでなく、「精神《こころ》」にまで及んでいたことを、後藤みな子の作品は見事に描き出していた。実際のところ、広島・長崎の被爆者で「狂気」の世界で生きる人がどれほど存在したのか、わからない。先の『広島・長崎の原爆災害』でも、被爆後に「神経症様症状」を示す被爆者の存在は報告されているが、全くの「精神障害＝狂気」に陥った被爆者については触れられていない。もちろん、精神障害に対する偏見が根強いこの国の風土、および隠然とした被爆者差別が横行していた時代を考えると、「記録」だけを信用するわけにはいかない。たぶん、後藤みな子の作品にあるように、人目を避けて病院に収容されたり、座敷牢まがいの部屋に隠棲させられたり、あるいは原爆＝被爆と関係ない精神障害として「記録」に残らない例も少なからず存在したのではないか、と推測される。

その意味で、原爆文学の歴史における後藤みな子の作品は独特な位置を占めていると言わねばならない。後藤みな子の作品世界は、母親が「狂気」に走ったことで、親子の関係が破綻し、家族が解体していく様を、原爆＝被爆をその大本《おおもと》に置いて構成されているのである。もっとも、後藤みな子が一人称「私」によって語り出す世界は、兄が被爆死したことを知って「狂気」に走った母の姿を中心とした世界だけではない。彼女は、父親を志願してニューギニアに行った医者（長崎医専の助教授）として設定し――先に挙げた三作とも同じ設定になっているので、「事実」に近いのではないかと思われる――、復員後、「狂気」の妻としばらく暮らしたあと、医大の教授や学長になるということで妻を（離婚して）施設に預ける、どちらかと言うと「冷たい人物」として描き出している。子供の頃、一人で母親の「狂気」と付き合わなければならず、母親との紐帯が切れない「私」にしてみれば、父の振る舞いは原爆＝被爆と出会わなかった人間のエゴイズムに映る、ということだったのかも知れない。

しかし、作品は結果として、原爆＝被爆によって「狂気」に走った母親と、戦争には巻き込まれながら原爆の被害を受けなかった父親、という二通りの「戦後」を描くことによって、原爆の非人間性をより強烈に浮かび上がらせることに成功している。つまり、同じ戦争体験者であっても、被爆者という制約の下で生きなければならなかった原爆＝被爆の体験は特別なものであったということを、後藤みな子の作品は主張していたのである。これは、『刻を曳く』が発表される何年か前、大江健三郎の

『ヒロシマ・ノート』（六五年）が評判を呼んだことを受けて、開高健のベトナム従軍記『ベトナム戦記』（同）などと共に、作家のアンガージュマン（政治参加）に疑問を呈する論議が吉本隆明らによって起こされ、その中で原爆＝被爆を特別視する大江たちの立場も批判されたことがあったが、それへの暗黙の反論であったということでもある。

このことは、文藝賞受賞作品のタイトルが「刻を曳く」となっていることを考えれば、歴然とする。まさにこの作品の「私」や精神に異常を来した母親にとって「刻《とき》」は、「一九四五年八月九日午前十一時二分」で停まっており、戦後とはその「停まった刻」を曳きずって生きてきた時間に他ならなかった、ということである。別な言い方をすれば、それは被爆体験が「過去」の出来事としてあるのではなく、「現在」の全てを覆っているということでもある。後藤みな子が「血」の問題にこだわるのも、そのことと深く関係していると思われる。

祖父は白髪の短く刈りこんだ頭をふりたてて言いつのった。言えば言うほど祖父は小さく老いて悲しげにみえた。〈血はあらそえん〉と言った祖父の言葉は私を撃った。血というものは、どうしてもぬぐい去ることができないものだろうか。狂気の母の血と原爆に犯された血を持つ私には、どんな生き方が決められているのだろうか。私の意志とかかわりなく血によって生きていくのだろうか。血のつながりのまったくないこの家を守ることだけが生きがいのようにみえた祖父も、養女である母のことを思わずやっかいもんと吐き捨てるように言った。人間はやっぱり血の命ずるままに生きていかねばならないのか。

（傍点引用者『三本の釘の重さ』）

ここには、かつて経験したことのない症状のために治療法も判らないまま「遺伝する」という風評に苦しんだ原爆病患者＝被爆者の苦悩と悲しみが反映されている。後藤みな子は、単行本『刻を曳く』の「あとがき」で、次のように書いていた。

なぜ書くのか。夜更け、原稿用紙にむかってペンをとるとき、私は幾度となくこの問いを自分に投げかける。その問いは書くことの重さに押しつぶされそうになればなるほど、より強く私のなかで反響する。私にとって書くことは、一度葬り去ろうとした〈墓〉を暴くことである。意識の底に沈めたものを、意識の上に掴みだし、言葉にすることは耐えがたく苦しい。こんな苦しい作業は嫌だ、もう一度過去の記憶を心の底に埋めて生きていきたいと熱望しながら、ある声に追いたてられるように、私の原体験を基にして原爆後の長崎とそれに関わる人々を書いてきた。その声は二十七年前の八月、長崎の原爆で亡くなった、私の肉親を含めての、人々の声であり、いまもその後遺症に苦しんでいる人々の声であると思う。書くことの重さに打ちひしがれて、その作業を放棄しようとするとき、その声は私を書くことへと駆りたてていく。その声を真に自分のものにし得た自信も、し得る自信もない。ただ、その声にいつも耳を傾け、私の〈墓〉を暴き、くい破り、その苦しさにあえぎ、書き続けていきたい。それが私の生きることでありたい。

このように苦しい胸の内を語った後藤みな子は、その後「書くこと」をやめてしまったが、原爆＝

被爆体験を書くことはそれほどに辛い、苦しいことであることを、後藤みな子のその後が物語っている。なお蛇足的に付け加えておけば、『刻を曳く』を編集委員の一人として『日本の原爆文学』（全十五巻）に収録許可を貰おうとして交渉した際、「私は母やその他の人々の鎮魂のために書いたので、もう終わりました。お断りします」と言われたのを、印象深く記憶している。

第三節　風化・差別に抗して――亀沢深雪・古浦千穂子の仕事

少女の時代に被爆して成人になった女性が年頃になって直面する問題は、何よりも「結婚」に関わってのことと言っていいだろう。近代社会になっても前時代（江戸封建社会）の儒教的倫理や社会通念から解放されることのなかったこの国にあって、男は社会に出て生活費を稼ぎ、女は家庭で良妻賢母の任を果たすといった観念は、戦後社会でも大手を振るって通用していた。「適齢期」になれば、誰もが女性は結婚するのが当然であるし、そして結婚した女性は家庭に入らなければならない、そんな倫理や社会通念が横行している社会にあって、女性の被爆者が原爆＝被爆の体験者であるということだけで、「結婚」から遠ざけられてしまう現実、それが、戦後の社会であった。しかも、その現実はたぶん、隠微な形で被爆二世、三世にも影を落としているのではないか、と思われる。長崎で十四歳の時に被爆した林京子の短編に、自分が被爆者であることを結婚した夫にも、そして子供にもひたすら隠し続けている同級生の登場する『同期会』（七七年）があるが、原爆＝被爆が結婚した女性のネックになっていることの一つの証言と考えていいだろう。

被爆女性にとって「結婚」が大きな問題のひつというのは、そこに「差別」が潜んでいるからに他ならない。被爆者差別を小説の主題とした作品については、すでに井上光晴の『地の群れ』と井伏鱒二の『黒い雨』等で見てきたが、井上光晴にしろ井伏鱒二にしろ、彼らは差別を受ける当事者＝被爆者ということではなかった。もちろん、それには理由があった。被爆者自身が「差別されている」と、例えそれが文学表現であっても言い難い状況に、当時はあっということである。秘すべきこととして、被爆者自身にも「差別」は存在していた、と言い換えればいいだろうか。文学表現として自身の受けた差別を対象化するまでに、時間が必要だったとも考えられる。

そんな観点から被爆者差別の問題を考える時、忘れてならない作品に亀沢深雪の作品集『傷む八月』（七六年）がある。十七歳の八月六日に爆心から一、三キロの自宅で被爆した亀沢深雪は、二年後に被爆が原因と思われる骨髄骨膜炎に罹り、以後長い間この病との闘いを強いられる。この間に結婚話が進むということもあったが、被爆者であるということがわかって破談となる経験をする。『傷む八月』の冒頭に置かれた『ガラスの女』に、愛する被爆者の女性に去られた主人公＝男・語り手が、次のように思う個所がある。

奈津子の存在は、私にとって重大な価値があった。つまり、私の運命の形成上、なくてはならない存在であった。私たちは一つの運命を二人で担っていたのだ。原爆の十字架を、奈津子一人でなく、私も背負っていた。私たちは二人そろってはじめて、一つの運命を形成することができるのである。奈津子は私の分身であり、命なのだ。それ以来私は、或る一つの期待を胸に、細ぼそと生きていかねばならなかった。

（『ガラスの女』）

一編の筋書きは以下の通り。岩国の航空隊で原爆を目撃した私は、帰郷の途中で壊滅した広島に降り立ち、そこで避難所になっていた小学校の講堂で生活する奈津子に出会う。十六歳の奈津子は身寄りを原爆で亡くし、一人ぼっちであった。何故か奈津子に惹かれた主人公は、帰郷後も文通を続け、次第に彼女を愛するようになる。そして彼女を自分のところに呼び寄せた主人公は、両親の反対を押し切って結婚を考えるが、親との絶縁も辞さない覚悟をした途端、奈津子に去られる。そして、何年かして、偶然原爆特集を掲載した雑誌で奈津子のことを知った主人公は、すでに結婚していたにもかかわらず、妻と別れて自分の子供を育てていた奈津子と改めて生活を共にすることを誓う。

ずいぶん勝手な話だと思われる部分がないわけではないが、そこにこそ被爆者であるということから「差別」されてきた人間の願望と怨念（ルサンチマン）がある、と言わねばならない。こうありたいと願う気持と、しかしことごとく被爆者であるという理由で実現しなかった怨念が、このような『ガラスの女』を書かせたと言えばいいいか。と言うのも、もしこの作品のように、被爆者であることを知られながら誠実な男から愛を注がれて、最終的には幸福な結婚生活を送ることができるというのが、この国の被爆者が置かれた現実であるならば、このような作品は書かれなかったのではないか、と思うからである。もちろん、大多数の被爆者たちは、被爆しなかった人と同じように結婚もし、子供も産んだだろう。しかし、そこには人知れない苦悩や辛い経験があった、と被爆の体験記や手記、あるいは文学作品を読むと推測される。特に、原爆症を発症した被爆者の場合、その辛い経験は大きかったのではないかと思われる。

そうであるが故に、『ガラスの女』のハッピー・エンドに、作者の裏返された思いを見るのである。亀沢深雪には、他に『広島巡礼』（八四年）という作品集があるが、その中に収められた表題作や『流灯』、『長崎望郷』、『遠い道』を読むと、この作者のパラドキシカルな思いがよくわかる。彼女は、被爆者差別に象徴される「ヒロシマ」に掣肘《せいちゅう》されて戦後の時間を過ごしてきたのである。このような彼女の生を「悲劇」と言って済ますわけにはいかない。彼女が『広島巡礼』の「あとがき」に次のように書いていることを、私たちは真摯に受け止める必要があるだろう。

原爆は、「生きるも地獄、死ぬも地獄」と言われているように、生き残ったものの道も険しく厳しい。心身にうけた傷は癒えることがなく、年をとるにつれて先行きの不安は深まるばかりである。被爆者に「戦後」という言葉はないように思える。

わたしもこれまで、ずいぶんつらい思いをした。世を儚んだことも、なんどかあった。もっと不自由な人から見れば、なにを甘ったれたことを——ということになるのだろうけれど、先行きの不安というのは、人間を悲哀の底に、ときには絶望の淵に沈める。

なぜ亀沢深雪は、このような思いを抱くようになったのか。たぶん、その元凶は被爆者差別であると彼女は答えるであろうが、被爆者差別こそ非人間性の極致であるとする理由もそこにある。

被爆体験を持つ女性が、愛する男の前で心を開けず、逡巡する姿を素直に描いた作品に古浦千穂子の『風化の底』（六七年、『風迷う』所収）がある。十四歳で被爆した古浦千穂子が戦後をどのように生きてきたのか、ほとんど知らない。しかし、たぶん女主人公の「私」と作者はその心の在り方においてほぼ重なっている。作中に、『生きていてよかった』という原爆映画を見た後に求められた「1、あなたは被爆者ですか？　2、もしあなたが被爆者でない場合被爆者と結婚しますか？」というアンケートに答える場面が出てくるが、作者の実体験だと思われるからである。

映画の製作者の意図も、またこのようにアンケートを通して認識を深めてゆく若ものたちの誠実さも理解できるとして、私は踏絵をつきつけられたようなむごさといきどおりで、しばらく立ちすくんでしまった。

当時はまだ放射能を浴びた人がどんな病気で死んでゆくのか、又遺伝はどんな形で表れるのかあいまいな時代だった。ただ恐怖と不安がひそやかにまんえんしているときだった。私は忘れようとする記憶が無限にふくらみ、あの日の悲惨さがすうと眼の前をかすめてとおったことを覚えている。私はアンケート用紙に乱暴に被爆者であると記し、絶対結婚しないという項へ二重丸をつけて外へ飛びだした。

人々の心を数字でつかんでゆくことは必要だし、その数字をとおして社会的な問題としてつかんでゆくことは誠実な一つの行為かも知れない。現に彼（新聞記者の恋人――引用者注）はその仕事をしようとしている。

私と彼は、彼が私の部屋から朝仕事に出かけていく仲であり、彼は結婚を望んでいて、その意志を何度も私に伝えているのに、私は踏み切れないでいる。被爆体験のない彼には、被爆者である私を本当には理解できない、と私が思っているからである。

『風化の底』は、この若い男女の恋愛を軸に、八月六日前後の広島に集まってくる平和を願う人々の姿を描いているが、被爆者である私には八月六日を中心に繰り広げられる「行事」についていけないものを感じている。

八時十五分の鐘、黙祷、じーと廻るカメラの被写体は、並んで涙を浮かべている腰の曲がった老婆の真剣な表情、バラバラ、バラバラ、カメラマンの動きが、眼ざわりなのだ。私は頭をあげていた。おえら方の代読、花輪の贈呈、言葉があって意味のない平和宣言、かん高く澄んだ子供達の合唱、完全に儀式になったうつろさがある。何か違う。こんなに静かで、おとなしくていいのだろうか。異常なのだ。こんな筈はない。ただ祈りであっていい筈はない。私はきりきり、きりきり怒りがこみあげているのだ。だのに、その怒りが叫びになってくれない。

作者は、八月六日の「行事」を被爆体験の「風化」を象徴するものであると見ているのであるが、それは被爆死した父の元同僚で原水爆禁止運動や平和運動に尽力していた人が、「政治」に振り回される原水禁運動や一向に止まない核軍拡競争に絶望し、失意のうちに原爆病（癌）で死の床についている様子が冒頭に置かれていることからも分かる。

古浦千穂子は、この『風化の底』以後、被爆体験を全面に押し出した作品を書かなくなるが、被爆直後に広島を離れた亀沢深雪と違って、現在もなお彼女は広島市に在って「ヒロシマ」が年々風化していく様を見続け、感じ続けているると思われる。

第四節　「鎮魂」を願って――竹西寛子『管弦祭』と大庭みな子『浦島草』

少女（女学校）の時に「ヒロシマ」を体験して、生涯に何作かだけ原爆＝被爆を主題にした作品を書き、普段は原爆＝被爆体験とは関係ない作品を書き続けてきた作家に、竹西寛子と大庭みな子がいる。竹西寛子の場合は、短編の『儀式』（六三年）と女流文学賞を受賞した長編の『管弦祭』（七八年）で、大庭みな子の場合は長編の『浦島草』（七七年）である。竹西は、広島県立第一高女四年生（十六歳）の時に被爆し、大庭は軍医をしていた父の関係で広島市から東へ三十キロほど離れた西条市で八月六日のきのこ雲を目撃し、八月末から九月にかけて救援隊として広島市街に入り、原爆＝被爆の悲惨さを知る。

この時の体験が、後藤みな子や亀沢深雪、古浦千穂子らと同じように、その後の生の原点となったことについては変わりはないのだが、竹西寛子と大庭みな子の場合、自らの実存、あるいはアイデンテティー・クライシス（自己崩壊の危機）の問題と原爆＝被爆を結びつけている点が特徴的となっている。例えば、竹西寛子の『儀式』に、主人公の阿紀が戦後復興を成し遂げた街が再び崩壊するのではないかという不安から逃れられないことを告白した後、次のように自問自答する場面がある。

恥ずかしいことだけれど、何に怒り、何を憎めばよいか、わたしは未だによく解らない。しかし、と阿紀は思う。行われるべき儀式、じっさいには省かれてしまった儀式への渇きが、「在る」ということへの問いとして育ちはじめたことを認めずにはいられない。確かに物が在るというのはどういうことなのか。目で見ることができ、手で触れることができ、肌で感じることができれば、その物は確かに在ると言えるのか。意識の中に在るということは、見ることも、触れることもできないから、不確かでしかないことなのか。

原爆＝被爆によって多くの友人を亡くした彼女は、「あの夥しい死者の群を、何物かの荒び去ったような地上の乱れを、明るい陽射しの中でながめた時、膝頭の震えを自分でどうすることもできないまま繰り返し自分に言いきかせていたのか、これは仮の姿だということだった」（傍点引用者）とすることで、かろうじて自分を保つことができたという過去を持っている。この自己暗示は、生き延びて東京で暮らすようになった現在でも続いている。何か事があると、大事なことを果たさないままあの時亡くなってしまった友人たちが、心の内に甦ってくるからである。潤子、喜代子、和枝、恵美子、郁子、弥生の「屍体を（阿紀は）見ていない」、あの時、別れたままなのである。「意識の中」では彼女たちは未だに生きているというのに、いま「目で見ること」も「手で触れること」も「肌で感じること」もできないから、「存在していない」と言ってしまっていいのか。阿紀の問いは深まることはあっても、消えることはない。

このことからもわかるように、実は生き残った者＝被爆者にこのような問いを生じさせるところに、原爆＝被爆のもう一つの側面があることを知らせたのが、竹西寛子のこの作品だったのである。「怒り」や「憎悪」の持って行き場が解らず、被爆の事実を自己内部で反芻する日々を送る、これがまた被爆者の実情と言っていいだろう。だからこそ、被爆者である母の死と被爆について描いた『管弦祭』において、被爆するまで家の手伝いをしていた人の娘（大坪さと子）に、次のように内白させているのだと思われる。

村川セキの棺の前で、さと子は、自分の母親の終りの時を想像する。政治を預かる人たちは、当り前のような顔をして他人の一生を操ってきた。それなのに、操られた者の毎日がどんなに過し難くても、それはあなたのこととしてしっかりやりなさいという。（中略）被爆、新円発行、預貯金封鎖、庭園税、ピアノ税の取り立て、あげくのはてが気の毒なご病気での最期、奥さんだって放り出されたおひとりなのにと思うと、さと子の不機嫌はこもる一方である。
やむを得ない、という考えがさと子にまったく起こらないのではない。仕方がないのかもしれないけれど、政治を預かる人たちは、自分たちが大勢の他人の人生に踏み込んでいるのを、せめて、もっと恐れてほしいのだ。

もっとも、このようなあからさまな「政治」批判が見られるのはこの部分だけで、全編を貫いているのは、原爆＝被爆を体験した人がそれぞれの形で示す「鎮魂」と言っていいだろう。物語の中心にいるのは「村川有紀子」で、他には有紀子の兄研一、先の大坪さと子、女学校時代の同級生、その妹、村川家に出入りしていた呉服屋、村川家に間借りしていた夫婦、広島市郊外中国山地寄りで民宿を営む老夫婦、等々がオムニバス風な展開の中で、それぞれが抱えてきた「ヒロシマ」を語るという形になっている。そしてそれらは、陰暦六月十七日（太陽暦七月末から八月初め）に行われる宮島＝厳島神社の「オカゲンサン」と呼ばれる管弦祭へと収斂していく。有紀子（広島の人々）にとって、「花火の打ち上げられる星空の下を、大小の漁船や物見の船を従えながら、篝火の火の粉を撒《ま》いて御座船の進む『オカゲンサン』の海は、鯉城や練兵場、護国神社や泉邸、本通り、あるいは又軍需工場、焼跡、爆風で破壊された教室、雨漏りのひどい家などと同じように、有紀子がかつて幾時かをそこで生きた暮しの場であった。そこにいて当り前の場所であった。生活の部分であった。」という管弦祭、そこへ彼女は母が亡くなった後、戦後初めていくのであるが、祭りが最後の場面を迎えた時、不思議な体験をする。

その、海上の音楽の中で繰り返される箏の閑掻《しずがき》を聞いているうちに、有紀子は箏を弾く白衣の楽人の背に、ふと母のセキの後ろ姿を見た。はっとしてよく見直すと、セキの隣に座っている人も、又向かい合っている人も、生前みんな有紀子の親しかった広島の死者である。彼等は例外なく経帷《きょうかた》子《びら》を身につけ、目を閉じて座ったまま、かすかに微笑んでいるかのように見える。えも言われぬ名香と優雅な管弦の音につつまれて、確かに彼等は微笑んでいるようにも、しかし又涙しているようにも見えた。

奏楽の切れ目に我に返った有紀子は、海の上に目を移すと思わず「お母さん」と心の中で呼び、「お父さん」と呟いた。父といわず母といわず、火に追われ、火に焼かれた友達といわず、この世に生を享けた者誰一人として逃れることのできなかった死が自分にも訪れる時を、有紀子は、この管弦祭のはなやぎにいて、いまだかつておぼえのない切実さで思い描いていた。

竹西寛子は、広島から早稲田大学入学のため上京し、大学卒業後出版社の編集者を経て作家になり、古典研究者としても大きな仕事を残している人であるが、大庭みな子は『三匹の蟹』（六八年）で群像新人賞と芥川賞を受賞して作家としての道を歩み始めた当代を代表する女性作家の一人である。彼女は、夫の転勤に伴って渡米し、十一年間そこで暮らした経験を基にした『三匹の蟹』のような作品や、高校時代を過ごした新潟県新発田市周辺に取材した作品を主に書き続けてきた。愛の孤独、不能者の苦しみ、近親相姦、離婚がもたらす愛の葛藤と相克、等々、現代人（女性）が抱える様々な問題を彼女独特な人間観——長い間のアメリカ生活で養われた合理主義と、それとは裏腹に現代を生きる人々は底無しの孤独とニヒリズムを抱えているという考え——によって、作品は支えられている。

そんな彼女独特の作品の中にあって唯一「ヒロシマ」体験を底流としているのが、『浦島草』である。物語は、登場人物の「奔放な」性的関係が象徴するように錯綜しているが、語り手（主人公）である「雪枝」の兄と暮らしていた「冷子」が被爆体験から得たものを、大庭は次のように書く。

正常な状況から突然目の前の世界が変って、こういうこの世のものではない風景を見れば、それが自分の身に直接降りかかったのではない限り、最初は、恐怖の中で立ちすくむが、無限にひろがる同じ光景の中で、ほとんど稲妻のような早さで恐怖が無感動な絶望へ変ずる。自分たちは背中から火を噴きながら、煮えたぎった海の中に身を投げる鼠なのである。好むと好まざるとにかかわらず、炎が背後から押し寄せてくるのだから、太陽が、空から巨大な火の翼をかざして、舞い降りてくるのだから、たとえ海が沸騰していたにしても、自分の足の肉がみる間に白く凝固するのを自分の眼で見なければならないにしても、立ちすくむ間もなく、後からぐいと押されて、前にのめるしかないのだ。

ここには、敗戦後「救援隊」として広島の市内に入り廃墟と化した街に驚愕し、かつ満足な治療も受けられずに彷徨する被爆者や身内を捜す人々の群れを目撃した、大庭みな子の体験が反映している。戦争という状況の中で「虫けら」のようになってしまった人間と、生活の痕跡さえ残さずに無となってしまった街を見て、「無感動な絶望」に陥ってしまった大庭みな子、それは「狂気」一歩手前の精神であったかも知れない。そんな経験をした「冷子」が、突然消えてしまう。アメリカから追ってきた恋人のマーレックとの旅の終わりでそのことを知った「雪枝」は、自分たちの生が抱えている玉手箱の中の「白い煙」が何であるのか、について次のように思い至る。

そうだわ、それが――それこそ、わたしたちが、この不思議な旅の間じゅう、くり返しくり返し呟いて絶望した、わけのわからない、理不尽な人間の生そのものなんだわ。人間という生きものが、生きていくからには、生きることの証として、賛える、あの透明で、輝かしい、燃えたぎる、ゆらめく、呻く、――夢や、希望や、好奇心や、ありとあらゆる情念と、本能的な欲情をひっくるめた、生成の原動力ともいうべきものなのだと雪枝は気づいたのである。

一九四五年八月六日の広島で、その私たちの「玉手箱」は開けられてしまったのではないか、その箱から立ち上った「白い煙」で人類はみな老いさらばえてしまったのではないか、『浦島草』の随所でこの主題が顔を出している。そして、一人の娘を持つ母親としての大庭みな子は、作家としての自分と原爆＝被爆との関係を次のようにとらえていた。

私たちは学徒動員で広島被服廠の仕事をしていたが、空襲警報下でも待避する防空壕などなかった。しかし、海軍の基地のある呉地区がすぐそばだったので米空軍は、毎日私たちの頭の上を通り過ぎて行ったのだ。その爆弾で、今日もまた、どれだけの人が死ぬであろう。それはいつか、自分の頭の上に落ちるのも、時間だと思うしかない毎日だった。そして、八月六日には広島に原爆が投下された。それは想像もできない威力を持った新型兵器だということだった。

十五日の終戦後、私は今後、空襲に怯えることがないということだけを感謝した。女学生たちは広島の被爆者の救援に刈り出され、何週間か爆心地で寝起きして炊事班の仕事をした。瓦礫《がれき》と白骨の中で蛆《うじ》と蠅《はえ》に覆われた被爆者たちと過ごした時は、私の文学の根になっている。それが人間の物語であり、今後何が起ころうとそこに確かにつながるものであり、またずっと昔からの人間の話が、形を変えてあらわれたものだからだ。

（大庭みな子『人間の話』八〇年）

第五節　人種・国家を越えて——中山士郎の『天の羊』石川逸子「ヒロシマ・ナガサキを考える」

広島・長崎で原爆＝被爆の被害を受けたのは、すでに知られているように日本人だけではなかった。戦前、朝鮮半島や台湾を始めとしアジア・太平洋の各地を植民地にしていたという関係もあって、広島・長崎には日本人以外の人々も相当数生活していた。それらの人々は、「強制連行」に近い形で日本に連れてこられたり、あるいは朝鮮人の場合が多かったのであるが、祖国が日本の植民地になっていたため生活が思うようにいかず、日本に来れば何とかなるのではないかと思って来日し、下層の生活を強いられていた人たちであった。また、「捕虜」として労働力不足を補うために長崎に連れてこられ、そこで被爆した人たちもいた。

朝鮮人約三万人から五万人、中国人（華僑を含む）数百人から数千人というのが主な外国人被爆者で、その他にオーストラリア人、オランダ人（インドネシア人・当時インドネシアはオランダの植民地だったので、現在の国籍で言うとインドネシア人とオランダ人が混在していた）、イギリス人、アメリカ人（広島で確認されている、日本を空襲した際に乗っていた飛行機が撃墜されて捕虜になった人たち）、マレーシア人が広島・長崎で被爆している。その中で、朝鮮人（韓国人）被爆者については、『鎮魂の海峡—消えた被爆朝鮮人徴用工２４６名』（深川宗俊、七四年）や『被爆韓国人』（朴秀馥・郭貴勲・辛泳洙、七五年）、『朝鮮人徴用工の手記』（鄭忠海、九〇年）等に詳しいし、中国人被爆者については『ナガサキの被爆者』（西村豊行、七〇年）が一章を設けて紹介している。また、オーストラリア人やイギリス人の長崎における被爆については、『煉瓦の壁―長崎捕虜収容所と原爆のドキュメント』（田島治太夫・井上俊治、八〇年）が捕虜収容所の看守の証言を基に書かれていて、原爆＝被爆と言えば日本人だけの体験のように思いがちな風潮を否定する書になっている。

原爆＝被爆が「国境」や「人種・民族」を越えるものであることは、これら「外国人被爆者」の存在を考えれば歴然とするが、これらの事実を踏まえれば、「唯一の被爆国」という言い方がいかに曖昧かつ特権的な立場を表明したものであるかも、わかる。もちろん、原爆＝被爆の最大の犠牲者は日本人である。しかし、これまでにも述べてきたように、「ヒロシマ・ナガサキ」の出来事は人類の未来・地球の行く末を左右する大問題として考えるべき性質のもので、例えばアメリカの開発した劣化ウラン弾がイラクやコソボなど世界の各地で使用されていることなどと照らし合わせれば、「唯一の被爆国」と言うことがいかに実情とかけ離れているかがわかるだろう。「最初で最大の被爆国」であることは確かだが、「唯一の被爆国」ではないという思想を獲得したときに見えてくるものこそ、現在の核状況と言えるのではないか。

そんな広島・長崎における「外国人被爆者」の中にあって特異な存在なのが、中山士郎が『天の羊―被爆死した南方特別留学生』（八二年）で明らかにした「南方特別留学生」である。今ではほとんど忘れられているが、戦時中日本は占領した東南アジアの国々から、将来の親日的指導者を育てる目的で若い人たち（学生）を日本各地の大学に留学させるということがあった。中山の調査によると、十七歳以上二十歳までの中等学校以上の学力を有すると日本に認められた「南方特別留学生」は、一九四三（昭一八）年と翌年の二回来日している。一九四三年が、マレイ・スマトラから十四名、フィリピンから二十七名、ビルマ（現ミャンマー）から二十四名、ジャワ島から二十四名、ボルネオ・セレベス島から二十一名の合計一〇〇名、翌四四年がタイから十二名、ジャワ島から二十名、ビルマから三十名、フィリピンから二十四名、マライ・スマトラから十三名、北ボルネオから二名の合計一〇一名である。これも中山の調査によるものであるが、第一回目の留学生が来日した折の新聞記事（七月一日付）は、「将来は南方の中堅　留学生第一陣けさ入京」の見出しで、次のようにこの南方特別留学生について書いていていたという。

南方共栄圏のあすの指導者、建設の希望に輝く現地の優秀な少年たちが決戦のさなかに日本に学ぶ南方特別留学生の第一陣として三十日午前九時二十一分帝都に入った。

加瀬司政官引率のビルマ十五名、ジャワ二十三名、マライ・スマトラ十五名の五十三名で、いずれも二十歳未満の元気な体を揃いの国民服、国防色の半袖に包んだ少年たちは日本語の号令でキビキビした行動だ。

一行は先ず鉄道ホテルに小憩、駅頭に出迎えた軍務局松尾少佐、大東亜省東光課長から歓迎の挨拶をうけた後、一同手を浄めて宮城前に進み恭々しく奉拝、森厳な気に打たれた少年たちの胸は言いしれぬ感激に震えていた。（後略）

当時の雰囲気をよく伝えている記事であるが、大東亜共栄圏建設の一貫としてとられた教育・文化政策は、このような形で実施されていたのである。ただ、このような政策が苦し紛れのものであったことは、「決戦のさなかに日本で学ぶ」というところからも窺える。一九四三年・四四年と言えば、緒戦の勝利から太平洋戦争が敗北の道を歩みつつあった時期だったからである。

そんな「南方特別留学生」の中で、サイド・オマールとニック・ユソフの二名を含む二十名（第二次で四名）が広島文理科大学（現広島大学）を留学先と決められ、そこで学ぶようになって、かの二名が一九四五年八月六日に被爆死する。『天の羊』は、平和公園内に慰霊碑が建つそのオマールがどのような経緯で原爆＝被爆に遭遇したのか、その軌跡を追ったものである。中山士郎は、当時のオマールを知る関係者に取材し、かつ大東亜省の記録を始めとする様々な資料を駆使して、非業の死を遂げた「南方特別留学生」の短い生涯と原爆＝被爆との関係を追う。そして、その過程で中山が発見したことは、「南方特別留学生」という施策が紛れもなく日本（日本軍）の植民地経営の一環から発想されたもので、オマールたちは良くも悪しくもその犠牲者であったという事実である。中山士郎は、「あとがき」で次のように記している。

日本に留学中、不幸にも原子爆弾に遭遇して悲運な最期を遂げなければならなかったサイド・オマール、ニック・ユソフ両名のことを調べながら私が常に感じていたことは、もしも、日本が大東亜共栄圏建設という美名のもとに東南アジア諸地域において戦争をはじめなかったならば、彼らは南方特別留学生として日本に留学することもなかったであろうし、人類最初の原子爆弾に逢着することもなかったであろうということである。

こと原子爆弾に関しては、日本人はともすれば日本人のみが被害者であるという意識が強いが、二人の死を考える時、あきらかに私たちは加害者といわなければならないだろう。加害者としての罪の意識は永久に拭い去ることはできないが、この「天の羊」は大勢の人々の証言によって成り立ったものであり、生前の彼らときわめて縁の深かった人々によって建立された紙碑ともいうべきものである。

ところで、『天の羊』の著者中山士郎は、広島一中三年生の時に建物疎開に動員されていた爆心から約一・五キロ離れた鶴見橋付近で被爆している。中山はこの時の体験を生涯忘れ得ぬものとして、短編集『死の影』（六八年）を始め、同じく短編集『消霧燈』（七四年）、同『宇品桟橋』（七七年）、エッセイ集『私の広島地図』（九八年）に収録の作品を書き続けてきたが、その被爆の実体は二十二年後の『死の影』によれば、次のようなものであった。

和夫は、自分の周囲に漲っていた空気の被膜が、いっせいに音を発し、亀裂を生じはじめたのを知った。それは、根底から捲れ上がってくるような不安さで襲ってきた。これまで、一度として味わったことのないおののきであった。眼の前の風景が、小刻みに痺れはじめた。或る力に吸いこまれてゆく自分を、なんとかして切り離し、支えようと焦り、どうにもならない、と気付いた時、すべては、黄色い彼方に埋没してしまった。

黄色い光の帯が、音もなく、天から滑り落ちてきた。すると、前方から、黄色い微粒子が、無数に礫のように飛びかかってきた。飛びかかってくるよりも、固定された微粒子に向って、自分の体が光の速度より早い勢いで突き進んでいるのかもしれなかった。

和夫は、自分の体が、沸騰点に達したことを意識した。

これと同じような思いを、異国の地で体験しなければならなかった「南方特別留学生」に対する中山のシンパシーは、十分に理解できる。しかも、被害者である自分たちもまた、「南方特別留学生」に対しては加害者の一員に他ならないとする認識によって書かれた『天の羊』は、まさに原爆文学の多様性を示すものの一つであった。

同じように、原爆文学の広がり・多様性を示すものとして、『天の羊』とは異なるが、詩人石川逸子のリーフレット「ヒロシマ・ナガサキを考える」（一九八二年創刊、年四回刊　二〇〇五年七月現在八三号）がある。石川はH氏賞を受賞したキャリアのある詩人であるが、「ヒロシマ」との関わりは、東京の葛飾で中学の教師をしていた時、「ヒロシマ修学旅行」を行ったことから始まったという。「ヒロシマ修学旅行」は、石川と同じ葛飾区で教師をしていた長崎の被爆者江口保の尽力により推進され、「平和教育」に反対する勢力からの妨害や嫌がらせに抗して現在では全国に拡がっている。石川は、初期の『ヒロシマ・ナガサキを考える』に掲載した文章を集めた『ヒロシマ・死者たちの声』（九〇年）の「序」で、「ヒロシマ」と出会ったときのことを次のように書いている。

自らも長崎の被爆者である江口保さんを牽引車《けんいんしゃ》として一九七六年に始まった東京都葛飾区立上平

井中学校のヒロシマ修学旅行。川土手のそこここに、路地裏のささやかな一角に、そおっと立っている慰霊碑の傍らで、無惨に死んでいったわが子のことを、教え子のことを、溢れる涙とともに語る母たちや当時の先生の話を聞くなかで、かじめて雪崩《なだ》れてきたヒロシマ。一発の魔の爆弾がもたらしたものの無惨さに、実に等価から三十一年もたって震えたのだった。

石川の『ヒロシマ・ナガサキを考える』は、当初東京に住む被爆者の聞き書きを掲載することを主たる目的にしていたが、被爆者の「声なき声」に耳を傾け、広島・長崎の地を何度か訪れるうちに石川の視野は驚くほど広がり、思想は更に深まっていった。ここ数年の『ヒロシマ・ナガサキを考える』誌は、朝鮮人・韓国人被爆者の証言や手記、作品、さらにはアジア太平洋戦争の犠牲者のそれらを載せているのが目立つ。「外国人」であるということで放置され続けてきた彼等や戦争の犠牲者に、石川は寄り添い彼等の苦しみや憤り・悲しみを伝える役割を果たしている。どのような理屈をつけようが、戦争や原爆で酷い目に遭うのは女や子供、老人を筆頭とする無辜の民であるとの立場から、石川は戦争を告発し、核廃絶を強く願う。それは過去の戦争だけではなく、超大国の利権奪取が見え見えの現代の戦争についても、である。

石川が『ヒロシマ・ナガサキを考える』と同時に、『ヒロシマ連祷』（八二年）と題する連詩を書いて刊行したのも、彼女の反戦・反核の思いの強さのなせる技と言っていいだろう。「序」から「35」まで続く『ヒロシマ連祷』の最後に「合唱」という詩が置かれているが、その最後は「つたえようつたえよう／家々をたたく風となって／どこまでも骨ガンになったアメリカ兵／大地に／埋もれてしまった／ヒロシマの／ナガサキの／なお熱い涙／朝鮮人徴用工の／溶けた叫び／つたえようつたえよう／あの日から／生きてきた／ひとりの娘のつらい年月を／草となって／風となって／どこまでも」となっている。ヒロシマ・ナガサキの被爆者から朝鮮人被爆者、アトミック・ソルジャーまでの「熱い涙」を伝えようという呼びかけ、石川の『ヒロシマ・ナガサキを考える』を見ていると、文学者の良心はかくあるべし、と思わざるを得ない。

第五章　「原爆文学」から「核文学」へ

第一節　『明日──一九四五年八月八日・長崎』から『西海原子力発電所』『輸送』へ──井上光晴の「核文学」

戦後＝「ヒロシマ・ナガサキ」以降の歴史が「核」による人類滅亡の可能性を秘めたものであることは、繰り返し述べてきたが、冷戦構造時代はとりわけそれがリアリティーをもっていた。朝鮮戦争、キューバ危機、ベトナム戦争、何次にもわたる中東戦争、等々において核戦争＝第三次世界大戦・人類絶滅戦争は、その寸前にまで至った。かろうじてそれを踏みとどまらせたものは、何であったのか。その時代時代における指導者たちの「叡知」だったろうか。それもあったかも知れないが、何よりも世界の人々に「ヒロシマ・ナガサキ」の惨劇の記憶が鮮明に残り続け、再生され続けたからと言っていいだろう。言い換えれば、大げさに聞こえるかも知れないが、「ノー・モア・ヒロシマ・ナガサキ」の世界中の思いが、核戦争の危機を回避させたということである。

とは言え、現実の世界では未だに核抑止力理論《ニュークリア・パワー・バランス》が生き続けている。「ヒロシマ・ナガサキ」を体験した日本においても、ファナチックな人々によって「日本核武装」論が偏狭なナショナリズムと共に時々唱えられ、つい最近もインド、パキスタンが核保有国の仲間入りをしたように、あるいは北朝鮮が「核保有」宣言することによって現体制を守ろうとしているように、核が国益を保障するという「神話」は健在と言わねばならない。冷戦構造が解体した現在においても、核を背景とした「東西対立」から「南北対立」にその対立構造が変わっただけで、核に掣肘された世界という基本に変化はない。パンドラの箱を開けてしまった人類の悲劇と言ってしまえばそれまでであるが、この状況に対してどのような対抗策があるのか。

それに加えて、当初は核兵器の原料（ウランやプルトニューム）を得るために開発された原子炉を利用した、「核の平和利用」という美名の原子力発電が核兵器を持たない国でも次々と建設されている。しかし、この原発と核エネルギー・サイクル関連の施設が核兵器と全く同じ危険な存在であることは、一九七九年のスリーマイル島原発の事故、一九八六年のチェルノブイリ原発の大事故、そして二〇〇〇年に茨城県東海村のウラン濃縮工場ＪＯＣにおいて起こった被曝事故、等々を見れば歴然とする。一九九一年の湾岸戦争で原発から出る高濃度の放射性物質ウラン２３８を弾頭に使った劣化ウラン弾が初めて使用され、その地において後に多くの白血病患者やがん患者を見ることになったが、この劣化ウラン弾の存在こそ原発と核兵器が全く同じ質のものであることを証している。

核状況は時代の変化に応じてその様相を変えてきたが、核の存在に人間の生が脅かされるという構造は、一九四五年八月から一貫して変わっていない。『手の家』『地の群れ』を書いた井上光晴は、そんな核状況に対して根源的な「否」を突き付ける『明日―一九四五年八月八日・長崎』を一九八二年に発表する。井上自身の核状況に対する危機意識が、この作品を書かせたと考えられる。井上光晴のこの作における意図は、その副題「一九四五年八月八日・長崎」で明らかだと思うが、作家自身が蛇足的と言う「あとがき」には次のように書かれている。

　一九四五年八月八日の長崎には、一九八二年の今日、そこに住む人間とおなじ運転手や工場労働者、市役所職員、主婦、それに子どもたちがくらしていた。

「爆心地町域」のひとつである岡町の市電停留所前には巡査駐在所と製材所が並び、物置の隣りに閉じたチャンポン屋があった。さらに深堀道場に面した小路を上がると、原田、平尾、村上、端迫、坂本の表札を掲げた家が軒を接し、街道を挟んで北尾漬物屋、木村米屋、深堀酒屋、池田食堂、楠本提灯屋、果物店、下駄屋などの看板がかかっていた。

　太平洋戦争末期にむろん、酒や米が売られているはずもないが、乏しい配給の日々をおくりながら、「国民学校」へ行く少年にあれこれといいきかせる母親の声は、疑いもなく今の日と変わらなかったろう。

　小説『明日』の構成にあたって、私は可能な限りありのままの八月八日を再現しようと試みた。幾度となく浦上川の橋上に立ち、「浜口町」や「橋口町」の坂を行き来しながら、ノートはようやく整い始め、密集する家々に干された洗濯物を見ながら、なぜか慄然とする思いにうたれた。

　長崎の「八月九日」ならざる「八月八日」を書いたことの意味は大きい。三菱兵器や三菱造船などの軍需産業が集中する軍都ではあったが、長崎は「八月九日」まで普通のどこにでもある地方都市であった。『明日』に描かれているように、「八月八日」まで結婚式もあり、収賄事件で逮捕された役人もいて、市民たちは当たり前のように戦時下の苦しい「日常」を送っていたのである。それは井上光晴が言うように、二十一世紀の初頭を生きる私たちの現在と同じと言っていい。そんな当たり前の「日常」が阿鼻叫喚の「地獄」へと突き落とされるのが、「核・戦争」である。井上光晴の世界認識・政治認識の確かさが、ここにはある。物語は、何でもない「日常」が終わる数時間前で幕を閉じる。

目を閉じるとそのまま眠りに引きずられそうだ。でも眠ってしまうのは惜しい。子供の声をずっときいていたい。遠くにいる良人の笑顔。おいはどっちでもよか。無事に生まれてくれれば女でも男でもうれしかたい。そいでも男やったら、ツル子に褒美をやらにゃいかんかな。おいに似とるぞ、きっと。褒美を貰いますけんね、あんた。ほら、この泣き声をきかせてあげたか。

母が体を熱い湯で拭いてくれた。腰から下が自分のものでないようにだるく、母の動かすのに任せてしばらく目を閉じている。

「四時十七分やったですよ」産婆さんはいう。

八月九日、四時十七分。私の子供がここにいる。ここに、私の横に、形あるものとしているということが信じられない。髪の毛、二つの耳、小さな目鼻とよく動く口を持ったこの子。私の子供は今日から生きる。産着の袖口から覗く握り拳がそう告げている。

ゆるやかな大気の動き。夜は終わり、新しい夏の一日がいま幕を上げようとして、雀たちの囀りを促す。

爆心地近くに住む若夫婦に生まれたこの赤ん坊が、この世に誕生してから数時間しか生きられないとしたら、これほど残酷なことはない。繰り返すが、そのような「悲劇」を無数に作り出すのが、「核・戦争」なのである。

そんな「核」の存在は、戦争においてのみ脅威を発揮するのではない。原発労働に従事していて被曝し、それが原因で死亡した男の未亡人が「原発のスパイ」と周囲から目されていた男と焼死した事件をめぐって、ミステリー仕立てで物語が展開する『西海原子力発電所』（八六年）は、「原発城下町」で『明日』の庶民と同じような生活を送る人々が、原発の張り巡らした「闇の力」に支配されている様子を描いたものである。地元の人々が食べない魚を扱っている魚市場の職員、飲み屋の女、長崎の胎内被爆者、そして「二本立てか三本立てのうち一本を、必ず被爆者の生活か原子力発電所を背景にした舞台」にしてきた有明座の座長浦上新五と座員たちが織りなす物語は、全てが薄靄の先にあるような感じで、そこにこそ作者の狙いがあるように創られている。それはあたかも、高度な科学技術を集めて建設される原発が、いくら「安全だ、そのように作られている」と言われても素人には皆目本当かどうかわからないのと同じように、原発＝核に支配された現代文明社会が本当に未来を保障する仕組みなのかどうかわからない、という問題とパラレルに設定されていると考えてよい。

作中に有明座が上演してきた「プルトニュウムの秋」（井上光晴には、一九七八年に発表された同名の戯曲があるが、ここではこの戯曲がほとんど変更なく使用されている）の台本が挿入されているが、原発技師とその妻の会話を中心に展開するこの芝居によって、原発関係者自身がその危険性を覚知している原発に対して、本当にそれは人々の幸福や自由と関わるものなのかを問いかける。「出世のためなら、少々許容量を超す位、辛抱しろっていいたいんだろう」という原発技師の台詞を、「便利さのためなら、少々の危険性など、辛抱しろ」に言い換えれば、現在の私たちが原発を許容している在り方を言い当てていることになる。

また、「反核」を売りの一つにしている有明座の座長が長崎の被爆者（実は、被爆の三日後に入市した第二次被爆者）であると設定し、「ナガサキ」と原発問題とを結びつけているのも、井上光晴の深い認識を示していると考えられる。核状況の原点は「ヒロシマ・ナガサキ」にあり、そこから原発問題も派生しているという観点は、原水爆＝核兵器と原発とを分けて考える傾向が強いこの国の在り方に対する根底からの「異議申し立て」と言えるだろう。目先の便利さ（幸福感）を追い求めて未来を等閑視する現在の状況を認め難いがために、『西海原子力発電所』は書かれたとも思える。なお、この長編は初出が『文學界』の一九八六年六月・七月号であるが、六月号が五月七日に発売（たぶん原稿締切は、四月二十五日頃）であることを考えると、四月二十六日に起こったチェルノブイリ原発の事故以前に発想され執筆されていたことは明白で、作家の予知能力とも言うべき先見性に驚かざるを得ない。エッセイ『現実が小説をのりこえる』（一九八六年十一月）の中で井上光晴は、当初の予定では西海原子力発電所を爆発させて作品を終結させるつもりだったらしいが、執筆中にチェルノブイリ原発の事故が起こったので、急遽原発城下町に生きる人々を描いた現在のような形にした、と書いている。

原発事故が原水爆と同じように、国境を越え、民族や人種を越えて普通の人々の「日常生活」を破壊することを嫌と言うほど見せつけたのが、チェルノブイリ原発の事故であった。原発安全神話の崩壊、大量被曝の発生、危険物質＝プルトニュームの生産、等々、原発はその存在理由が危うくなるような根源的な問題をたくさん抱えている。その中に、あまり一般的には知られていないが「燃料輸送」や「高濃度核廃棄物」の問題がある。ウラン生成工場から普通の国道や県道を走って原発まで運ばれる燃料棒輸送と、使用済み燃料の輸送や貯蔵に関して、もし交通事故やその他の不慮の事故で輸送車に積んでいた燃料棒が損傷したり、貯蔵庫が地震にあったりしたら、そこから放射能が洩れ一帯が放射能で汚染されるおそれは十分にある。映画の『太陽を盗んだ男』ではないが、警備が手薄な輸送車輛は、核ジャックされる可能性もないわけではない。幸い、現在五十二基の原発を抱える日本を始め、その他の国でもこれまで燃料棒輸送において事故があったという報告はないが、原発事故と同じように「絶対起こらない」という保障はない。私たちの「日常」は、そのような危険に晒されているのである。

チェルノブイリの原発事故によって、『西海原子力発電所』の構想を当初考えていたものから現在の形に転換を余儀なくされた井上光晴が、その不満を吐き出すように構想したのが、使用済み核燃料を運搬する車輛の運転手が体調不良から不意に暴走してトレーラーごと海に飛び込む事故が起こり、放射能が洩れだしたらどうなるのかという小説『輸送』（八九年）であった。『西海原子力発電所』から三年、この二長編の関係を作者は「あとがき」で次のように記している。

> 小説『西海原子力発電所』（文藝春秋）の執筆中、チェルノブイリ原発の爆発に直面して、私は急遽テーマを改変したが、今になって思えば、構想した通り、西海原子力発電所の原子炉事故によっ

てこの上もなく汚染されて行く町や港の状況を克明に描写すれば良かったのである。

創作『輸送』は、その悔恨を踏まえて書いた、核使用済み燃料の輸送にまつわる小説である。核廃棄物の輸送は、今われわれの生存する地点で絶え間なく行われており、キャスク（核廃棄物容器）に万一の事故があれば、間違いなくチェルノブイリを再現することになろう。

家庭に問題を抱える運転手が使用済み核燃料を積んだトレーラーごと海に飛び込む事件から三週間余り、近隣の離島や海岸線の町で「奇妙な出来事」が次々と発生する。老人ホームでの集団自殺、鶏の狂い死に、海岸に打ち上げられた死魚、よたよた歩きをする犬や猫、どうもこれらの出来事は海に沈んだトレーラーが積んでいた使用済み核燃料から洩れた放射能に原因があるらしい。そして、トレーラーが沈んだ海岸近くの住民が激しい下痢に襲われるようになり、自治体も避難勧告を出し、その勧告が解除された後も住民は帰ってこず、町や村がゴーストタウンの様相を示すようになる。西海原子力発電所は爆発しなかったが、高濃度放射性物質である使用済み核燃料（核廃棄物）が格納容器から飛び出しただけで、付近の町や村はチェルノブイリ原発の周辺と同じ状態になってしまったのである。

虚構《フィクション》であるこの『輸送』が私たちに見せた世界が、現実にならないとは誰にも言えないはずである。誰もが原発が「絶対安全」とは信じていないにも関わらず、現在における「便利さ」「豊かさ」を手放したくないために、原発の存在をあたかも「無いかの如く」装って生きている現代の人々、それらの状況に対して井上光晴の『輸送』は根底から警告を発しているのである。原発は核兵器と違う、と言って安心していることなどできないということである。現に、これはミステリー作品なのであるが、元原発技師の高嶋哲夫が書いた『スピカ』（九九年）は、国外から侵入してきた武装勢力に原発が占拠され、それを人質に大金が要求されるという物語で、現代社会では原発が核兵器に匹敵する「武器」になりうることを証するものになっている。このことは、核保有国のミサイルが効果を倍加させるために仮想敵国の原発を目標の一つにしている現実と重なる。私たちはこの現実をもう一度考える必要があるのではないだろうか。

井上光晴の二つの作品『西海原子力発電所』と『輸送』は、そんな核状況を撃つ本質的な文学作品であった。『明日』から『西海原子力発電所』・『輸送』へと、井上光晴は確実に「核文学」の歩みを進めてきたと考えられる。

第二節　壮大な「核文学」の試み――小田実の『HIROSHIMA』

十七歳の時に刊行した『明後日の手記』（五一年）以来、戦後文学の正統的な後継者と目されてきた小田実の『HIROSHIMA』（八一年）は、それまでの原爆文学にない広がりと独特な視点をもって展開する長編である。作品は三章から成っていて、第一章は先ず、アメリカ・ニューメキシコ州ホワイト・サンズの荒野から始まる。「馳ける男」と呼ばれていたカーボーイのジョウが、招集を受けて兵士になったのは真珠湾攻撃のあったすぐ後であった。ジョウが暮らしていたニューメキシコ州の小さな町にも、戦争は押し寄せてきていたのである。ジョウに思いを寄せていた少女ペギーがカリフォルニアの南部に住んでいたときに知っていた「ジャップ」のトミー・ナカタ一家は、トミーが日本に帰り、他の家族は収容所へ入れられたということであった。ジョウの町の近くには、「秘密のロケットを作る研究所」ができ、ジョウがいつもは知っていた荒野に有刺鉄線が張られ、いつの間にか自由に出入りができなくなっていた。

第一章で重要な役割を果たしているのは、辺りに住むインディアンの言い伝え＝伝説である。創造神タイオワによって創られた人間は、この地上で何不自由ない生活を営んでいたが、人数が増えるに従って「太陽の恵み」を崇めない不埒な考えを持つ者も出てきて、目に余る行為を行うようになる。それを怒った神が、少数の誠実な人間を地中に残し、地上に火の玉を降らせて「邪《よこしま》な心」を持ったほとんどの人を滅してしまう。そのようにして「第一の世界」が終わり、第二の世界、第三の世界を経て、現在は第四の世界で人間は生きていることになっている。そしてその第四の世界で、荒野で生活するインディアンたちは「火の玉」を見ることになる。言うまでもなく、その火の玉は、ロス・アラモスの研究所が開発した原爆で、一九四五年七月十六日のトリニティー・サイトにおける「最初の原爆実験」によるものであった。

また、第一章には、主要な人物として「キベイ（帰米）二世」のトミー・ナカタ（中田富雄）と朝鮮人の乙順が登場する。カリフォルニア移民の三男である中田富雄は、戦争前に「日本で勉強したい」という希望を持って叔父の家に寄宿し、中学へ通っていた。中田家は、長男が二世部隊に、次男が収容所に、三男が日本で、という具合に戦争によってバラバラになってしまっていたが、アメリカと日本に引き裂かれた中田富雄は、「アメリカのスパイ」という噂を立てられるなど、辛い戦時下の日々を送っている。また、故郷での暮らしが立ちゆかなくなって日本にやってきた乙順は、広島にたどり着いて勧められるままに十八歳も年上の同胞と結婚するが、差別を受けながら苦しい生活を強いられて、日本本土も「楽園」ではなかったことを噛み締めて日々を送っていた。

小田実は、全三章の中で一番短い第二章に、八月六日の原爆＝被爆の日を当てる。この日、広島市内にいた人々、つまり「馳ける男」ジョウ——アメリカ空軍に所属していた彼は、日本爆撃に出ていて乗っていた爆撃機が撃墜され、捕虜になって広島の収容所に拘留されていたのである——、中田富雄、乙順、そして多くの人が被爆して倒れていった。何故、このような設定を小田実は行ったのか。『長崎にて——二一世紀と人間の未来』（八二年）という文章の中で、小田実は次のように書いている。

私は二年前（八一年）、七年かかって書いた小説「HIROSHIMA」を完成して世に出したのだが、その主題のひとつは、そこに出て来る登場人物たちが日本人ばかりではなく朝鮮人やインドネシア人、そして、アメリカ合州国人であることでお判りになるかも知れない、問題が日本人だけの問題ではなく世界の人間すべてに共通してあることだという問題だった。彼らはあきらかに人間自身がつくり出した運命の手に導かれるようにして一九四五年八月六日の朝、広島に集まり、そこにまたあきらかに人間自身の手によってつくり出された生き地獄のなかで死に絶えた。私は彼らのその日に至るそれぞれにちがった人生を描くことで、原爆が決して日本人だけに限られた問題でないことを示そうとしたのだが、同時にまた、私の関心は特殊にその生き地獄のなかの捕虜となったアメリカ合州国軍兵士の運命にあった。

言葉を換えれば、核は国境も人種も民族も越えて、その爆発の下で生きていた人々に多大な被害をもたらすということである。「広島・長崎」の原爆被害について、ともすると日本人だけ被った被害と考えがちな傾向に対する、根源的な異議を『HIROSHIMA』はそのようにして呈したのである。その小田の異議は、「馳ける男」ジョウの被爆死や朝鮮人乙順、インドネシア人の被害を描くことで、加害者であるはずのアメリカ合州国人が、実は被害者でもあり、最大の被害を被った日本人もまた加害者の側面を持っていたとする、加害と被害の輻輳した関係をも提示していたのである。この『HIROSHIMA』が、被害の側面のみを強調する「原爆文学」とは別に、「核文学」の誕生を告げた記念碑的作品であると言う理由の一つも、ここにある。

また、人間の存在は「日本」とか「アメリカ」とか「朝鮮」とかという「国家」によって決定されるのではない、とする小田実の根本的な人間観も、核の問題と絡めてここには表明されている。つまり、もし「日本」に留学しなかったら、被爆死することもなかったカリフォルニア移民の息子中田富雄（トミー・ナカタ）の悲劇を描くことで、小田実は国家と個人の関係について問題提起しているのである。一度は祖国を捨てたはずなのに、その祖国と「第二の祖国＝アメリカ」によって殺された中田富雄、もし彼が生き延びて現在に至っていれば、彼こそ国境を無意味化するような存在になったはずなのに、そんな無念の声がこの『HIROSHIMA』からは聞こえてくる。

そして、何よりもこの『HIROSHIMA』を「核文学」ならしめているのは、第三章の存在である。第三章の舞台は、アメリカ中南部の州都にある慈善病院。そこにインディアンの男が肺ガンで入院する。彼、ダン・ペシュラカイは居留地《リザベーション》に三十八もあるウラン鉱山の一つで働いていて肺ガンになったのである。そして、彼の病室に彼の部族と昔から対立していた部族の少年ラルフ（ロン）が入院してくる。少年は、両親と共にウラン鉱山の水が流れ込む川の下流に住んでいたが、両親を両方ともガンでなくしていた。ウラン鉱山から流れてきた水を生活用水としていたことが原因と思われる。それに、少年は「荒野で燃える火の玉を見た」ために目が見えなくなっていて、頭も少しおかしくなっている（ように設定されている）。そんなインディアンの男と少年が「死の床」についている病室に、ある日死を待つばかりのガン患者で元海兵隊の兵曹が入ってくる。彼は、ベトナム戦争でたくさんの「ダーク＝ベトナム人」を殺した輝かしき功績（？）を持ち、かつ「アトミック・ソルジャー」でもある――アトミック・ソルジャーというのは、核戦争を想定した軍事演習において実際に核爆発を起こしてどれほどの軍事行動が可能かを探った一種の人体実験で、アメリカでは五〇～六〇万人いると推定され、その存在をアメリカ政府も認めている。

死の病床にある三人を結びつけるものは、「核」である。そして三人は、「殺サレタヤツガ殺シタヤツヲ殺ス」ことによって「世界ノ順番ヲ変エル」という共通した思いを持っている。ある日、それは死を迎えた時であるが、三人は夢＝幻想の中で、ワシントンのホワイトハウスを訪れた日本の「元首H＝ヒロヒト」とそれを迎えたアメリカ大統領の頭上に、放射能で汚染されたグランド・ゼロ（世界で最初に原爆実験が行われた場所・トリニティ・サイト）の土を運んできたヘリコプターもろともに落下する。彼らは、「ヒロシマ・ナガサキ」に対してはもちろん、その後の核状況に掣肘された世界に対して責任を取らないアメリカ大統領と天皇に、幻想＝夢の中ではあるが、「殺サレタヤツガ殺シタヤツヲ殺ス」ことを実行したのである。

この第三章が重要だと言うのは、まず核エネルギー・サイクルそれ自体が、それぞれの段階、つまり最初のウランの採掘から「ヒロシマ・ナガサキ」を経てアトミック・ソルジャーを生み出した軍事演習までの全てが、人間の存在に敵対することを明らかにしているからである。つまり、核兵器や原発だけでなく、ウランの採掘や核戦争を想定した演習においても放射能は人間の身体をむしばみ死に至らしめることを、この長編は明確にしているということである。このようにウラン採掘労働者やアトミック・ソルジャーを物語に登場させたものは、これまでの原爆文学にはなかった。

二つ目は、「ヒロシマ・ナガサキ」を原点とする今日の核状況を作り出した責任が、アメリカ大統領だけでなく日本（天皇）にもある、とはっきりと主張している点である。このことは、先のアジア太平洋戦争における日本の「加害者性」の問題とも通底してくることであると同時に、直接的には一九七二年に訪米した天皇が帰国した際の記者会見でアメリカの広島・長崎への原爆投下について聞かれ、「仕方のなかったこと」と答えたことへの根源的な批判であった、と考えることができる。あるいは、戦後の占領期を経てますます蜜月度を増してきた日米関係（安保体制）に対する、異議申し立てを底意に秘めた問題提起だったかも知れない。これは一九六五年から十年間、ベ平連（ベトナムに平和を！市民連合）の代表として、アメリカのベトナム政策とそれに追随する日本を批判してきた作家らしい「戦争＝核」責任論であった、と言うこともできる。

三つ目は、広島・長崎でも被害を受けたのは日本人だけではなく朝鮮人やアメリカ人がいたという第一章・第二章までの核被害認識と同じように、核エネルギー・サイクルにおいても被害を受けるのは人種や民族を越えた被支配層であるという観点を、この第三章でも主張している点である。インデイアン、白人、そして元海兵隊員が言う日本人を含む「ダーク」、核の被害を受けるのいつも決まって彼ら下層の市民であるという見方が、ここでも明らかにされている。小田実の文学が「タダの人＝庶民」に依拠して成立していることの現れ、と考えられる。

物語の最後に、アメリカインディアン・ホピ族の言い伝え（予言）が『ホピ族の書』（フランク・ウォーターズ）からの引用という形で置かれているが、そこにこそ小田実の反核・反戦思想が象徴されていると言っていいだろう。

物のことばかり考える人が避難所をつくったりする。心に平和をもつ人は、すでに生命の大きな避難所のなかにいる。悪に対しては何んの避難所もないものだ。黒人であれ白人であれ、肌色の赤い人、黄色い人であれ、イデオロギーによって世界を分けたりする作業に加わらない人はまちがいなく次の世界に生きることができる。そういう人すべてはひとつになっていて、おたがいが兄弟だ。

第三節　大江健三郎の仕事――『ヒロシマ・ノート』『ピンチランナー調書』ほか

周知のことに属するが、ノーベル文学賞受賞作家大江健三郎ほど「ヒロシマ・ナガサキ」にこだわり続けてきた作家はいない。大江が「ヒロシマ」と最初に出会うのは、土門拳の写真集『ヒロシマ』（五九年）においてであった。大江はその時のことを、次のように書いている。少し長くなるが、ここで大江の「ヒロシマ・ナガサキ」に対するメンタリティーが決定したと思われるので引く。

端的にいえば、土門拳の《ヒロシマ》のすべての現代的意義は、従来の原爆をめぐる写真集が一九四五年八月九日、原爆投下の日の報道写真的な性格をもち、焦点がこの日にむかってあてられていたのとちがい、今日のヒロシマ、一九五九年のヒロシマにおける、原爆と人間の戦いを現在形でえがくことにすべての目的があることだ。

土門拳は一九五九年に日本人がいかに原爆と戦っているかを描きだす。それは死せる原爆の世界をではなく、生きて原爆と戦っている人間を描き出す点で、徹底して人間的であり芸術の本質に正面からたちむかうものだ。

誤解をおそれずにいえば、一九五九年に生きているわれわれにとって、十四年前に死んだヒロシマの犠牲者たちは既にわれわれに無縁な、なにものでもない非存在にすぎない。かれらの群衆は死んだ、われわれの群衆は生きている。われわれにとって最も重要な関心は生きているわれわれの群衆の中のみにある。《安らかに眠ってください、過ちは繰返しませぬから》という抒情的で厭らしい書体で書いた記念碑のよそよそしい無益な感じはこういうところに由来するだろう。土門拳の《ヒロシマ》がえがきだすのは、安らかに眠るどころか悪戦苦闘して生きてゆく、われわれの群衆のなかのかれらである。

（「土門拳のヒロシマ」五九年）

「安らかに眠るどころか悪戦苦闘して生きてゆく」被爆者の現在に対する関心、これが大江の「ヒロシマ・ナガサキ」問題に関する原点である。だからこそ、分裂の危機を抱えていた第九回原水爆禁止世界大会（一九六三年）の取材を雑誌『世界』から依頼されて広島に赴き、政争に明け暮れる原水禁大会の取材をやめて、取材先を被爆者が多数入院している広島原爆病院に代えるようなことができたのである。大江は翌年夏にも広島に出かけ、そのルポルタージュをまとめたのが『ヒロシマ・ノート』（六五年）である。

大江が最初に広島に出かけた一九六三年夏は、これも周知のことだが、結婚して三年、この年の六月に初めての子供が脳ヘルニアで生まれ、ガラス箱（保育器）の中にいる状態であった。子供の生死が定かでない状況での広島行き、そのことが「政治」にもみくちゃにされていた原水禁運動に対する絶望を生み、原爆病院（院長・重藤文夫）に取材先を切り替えた本当の理由だったかも知れない。生死の定まらない我が子と、有効な治療法が判明しないまま生死の間を宙ぶらりんになっている被爆者とを重ね合わせて考えざるを得なかった、ということである。『ヒロシマ・ノート』の「プロローグ広島へ……」を、「このような本を、個人的な話から書きはじめるのは、妥当でないかもしれない。しかし、ここにおさめた広島をめぐるエッセイのすべては、僕自身にとっても、また終始一緒にこの仕事をした編集者の安江良介君にとっても、おのおののきわめて個人的な内部の奥底にかかわっているものである」で始め、次のように書いたのも故なきことではなかったということである。

僕は広島の、まさに広島の人間らしい人々の生き方と思想とに深い印象をうけていた。僕は直接かれらに勇気づけられたし、逆に、いま僕自身が、ガラス箱のなかの自分の息子との相関においておちこみつつある一種の神経症の種子、頽廃の根を、深奥からえぐりだされる痛みの感覚をもあじわっていた。そして僕は、広島とこれらの真に広島的なる人々をヤスリとして、自分自身の内部の硬度を点検してみたいねがいはじめていたのである。僕は戦後の民主主義時代に中等教育をうけ、大学ではフランス現代文学を中心に語学と文学の勉強をし、そして仕事をはじめたばかりの小説家としては、日本およびアメリカの戦後文学の影のもとに活動している、そういう短い内部の歴史をもつ人間であった。僕は、そうした自分が所持しているはずの自分自身の感覚とモラルと思想とを、すべて単一に広島のヤスリにかけ、広島のレンズをとおして再検討することを望んだのであった。

この一九六三年（と六四年）の経験を契機に、大江は「閉じられた壁の中の自由」とか「性と政治」といった出発時からの主題に重ねて、「障害児（者）との共生」と「核状況下の世界」というその後の大江文学を貫く大きなテーマを獲得する。その意味では、「青春との訣別」・「障害児（者）との共生」を決意するまでの苦闘を描いた『個人的な体験』（六四年）と、被爆者と彼らをサポートする医師の姿に取材したルポルタージュ『ヒロシマ・ノート』は、今日に至る大江の文学的営為における「車の両輪」の位置を占めるようになったものである。

大江の『ヒロシマ・ノート』を起点とする核状況認識は、エッセイや講演、インタビュー、往復書簡などの場合、後に『ヒロシマの光』（『大江健三郎同時代論集2』八〇年）に収録されるものを始めとして、講演集『核時代の想像力』（七〇年）、『対話原爆後の人間』（重藤文夫と、七一年）、講演集『核の大火と「人間」の声』（八二年）、『ヒロシマの「生命の木」』（九一年）等によって明確に示され、小説では、短中編の『アトミック・エイジの守護神』（六四年）、『核時代の森の隠遁者』（六八年）等、長編の

『洪水はわが魂に及び』（七三年）、『ピンチランナー調書』（七六年）、『治療塔』（九〇年）とその続編『治療塔惑星』（九一年）に直接反映されている。

特に小説の場合、『ピンチランナー調書』に典型的に現れていると言っていいのだが、大江は「ありうるかも知れない」世界像を提出して、核状況下の世界の危うさを撃とうとした。つまり、地球上の人類を七回半も絶滅することができるほど大量の核兵器が超大国によって保有され、かつそれに匹敵するだけの原発が建設されている現在の核状況に対して、大江は「人間」の側からその危険性に対して根源的な異議申し立てをしている、ということである。『ピンチランナー調書』では、主要な登場人物「森・父」が原発の元技師で、核ジャックに遭遇して被曝した人間であり、対立する革命党派に資金援助している「大物Ａ」が、原爆を手に入れることで権力を握ろうと企てていることなどを小説の重要な柱とすることで、私たちの生活＝日常が実は「核」と深く結びついていることを、大江は明らかにしている。『ピンチランナー調書』は、「大物Ａ」が陰謀のために用意した五億円の札束とともに「森」が火焔の中に飛び込んで終わるのであるが、その直前に「大物Ａ＝親方《パトロン》」の陰謀、つまり核状況下の歪んだファッショ的な世界と人々の未来の在り方がデフォルメされて次のように示される。

――そのようにしてあなたが警察の大捜査網に情報をあたえ、まるごと押さえこませるのは、原爆製造に不可欠な施設と核物質の全部そろった工場と、大学紛争で地下に消えた理学部秀才たちの一隊に、億の単位の金です。マスコミはそれを**戦後最大の反・国家的陰謀**と呼んで、たちまち全日本人がこの地下工場グループへの憎悪において統一されるでしょう。そしてあなたは統一された国論の、頂点にたつ救世主になる！　核脅迫による革命か、この東京と全都民の、それも天皇ファミリィぐるみの大破壊か、どちらかにひとつという陰謀をあなたが粉砕してくれたんだから。歴史に類を見ぬそのような国家的ヒーローとして、われわれの時代の最大の日本人として、あなたは輝かしく死ぬことになる。醜悪で苦しいだけの孤独な癌死をとげるかわりに。……あなたは国葬になり、あなたの命日は国民祝祭日となり、国じゅうの無垢《むく》の子供たちがあなたを記念する式典で歌い、その全国集会では皇太子妃があなたの写真に菊の花をささげますよ。そしてあなたは、**この国の全ての人間の「親方」**になるんです。しかも核時代の決定的ヒーローのイメージは、世界的・人類的に拡がって行くでしょう……

原爆＝核を背景とすることで最大の権力と名誉を手に入れる、それが核状況の作り出す世界システムを端的に表すものであったとしたならば、人類の未来は「暗い」ものだと言わなければならない。大江はもちろん、そのような陰謀を持った「大物Ａ＝親方」を自己犠牲的に抹殺する人物を作品に配することで、「暗い」未来を転回させる可能性を人間が秘めていると示唆しているのだが……。ただ、大江が『ピンチランナー調書』で示した核状況は、冷戦構造が解体した今もなお依然として変わっていないということの意味を、私たちは考えなくてはいけないのも事実である。

なお、大江は一九九〇年・九一年に「近未来ＳＦ」と名うった『治療塔』と『治療塔惑星』を発表するが、このＳＦ（サイエンス・フィクション、サイエンス・ファンタジー）もまた、大江の核認識が大きく反映されたものと言える。と言うのも、この物語で、「第二の地球」建設を目指して火星に飛び立つ背景が、度重なる局地的核戦争と相次いだ原発事故、それに世界的規模で蔓延するエイズとなっているからに他ならない。このことは、将来核戦争は起こるだろうし、原発事故も防ぐことができない、と大江が思っていることを意味する。これを大江の悲観的な「妄想」と退けることはできないだろう。原発事故の発生については、炉心溶融を起こしたスリーマイル島原発の事故や悪夢のようなチェルノブイリ原発の大事故で実証済みだし、今まで核戦争が起こらなかったのが、ほんの偶然に過ぎないことは戦後史が明らかにするところである。

大江が世界の知識人（作家や学者）と交わした往復書簡集『暴力に逆らって書く』（二〇〇三年）も、その大きな背景には核状況がある。この本の中において、大江はギュンター・グラス（ドイツの作家）、アモス・オズ（イスラエルの作家）、マリオ・バルガス＝リョサ（ペルーの作家）、スーザン・ソンダク（アメリカの作家・映画監督）、鄭義（中国亡命作家）、ノーム・チョムスキー（アメリカの言語学者）、エドワード・W・サイード（アメリカの思想家）、ジョナサン・シェル（アメリカの反核運動家）と、正面から現代の核状況について議論している。

ヒロシマから数年、天皇が連合国軍総司令官に、共産軍勢力の進出には原爆で対抗するかと尋ねた。それが通訳のメモに残っていることもあきらかにされました。

軍事力としての核兵器より、それが人間にもたらす悲惨にこそ日本人の目が向けられるようになったのは、ねばり強く経験を語る被爆者たちの努力があったからです。私も被爆した医師らのやりとげたことについて報告するのを、文学の柱のひとつとしました。

しかし、当の私をふくめ、日本の知識人が核の人間にもたらす悲惨を見きわめる被爆者の思想を、国民と国の態度として確立しえたか？

（中略）

尊敬するジョナサン・シェル。私は9・11以後のあなたが、重なるグランド・ゼロの死者たちの沈黙に声をあたえようとして書きつつ、核と化学・生物の大量殺戮兵器使用のタガが外れることへ警告を発し続けていられることに共感します。

私も、ヒロシマのグランド・ゼロからの五十数年を日本人として生きながら、確かな結実は作り出せなかった仕事に——もう残り時間は少ないのですが——あらためて力をそそごうと思います。この手紙はそのひとつです。

二〇〇二年九月十日

あらためて言うまでもないが、土門拳の『ヒロシマ』評から『暴力に逆らって書く』まで、大江の核状況に関わる発言や『ピンチランナー調書』等の創作は、その持続と思想の質、そして視野の広さにおいて特別なものである。その出発から今日に至るまで「アンガージュマン」の精神を忘れないその文学的成果は、先に見てきたように、まさに「核文学」と呼ぶのに相応しいと言えるだろう。

第四節　被爆者の今を凝視めて――八月九日の語り部・林京子と「核文学」

十五歳の誕生日を直前にした一九四五年八月九日、学徒動員先の爆心から一・三キロ離れた長崎三菱兵器大橋工場で被爆した林京子は、被爆からちょうど三〇年目の一九七五年、群像新人賞と芥川賞を受賞した『祭りの場』でデビューする。その後、『上海』（八三年）で女流文学賞を、『三界の家』（同）で川端康成賞を、『やすらかに今はねむり給え』（九〇年）で谷崎潤一郎賞を、『長い時間をかけた人間の経験』（九九年）で野間文芸賞を受賞するなど、現代文学の最前線で活躍している。

その林京子の小説は、傾向性から見ると大きく三つに分類できるように思われる。一つは言うまでもなく、長崎における被爆体験を原点とするもので、これまでの作品の大部分を占める。二つ目は、被爆体験と全く関係ないとは言えない、十四歳で母の故郷である長崎県諫早市に疎開するまで育った上海に関って書かれた作品である。三つ目は、被爆体験とも上海とも直接的には関係ない「自伝的」作品である。このうち被爆体験を原点とする作品と上海に関する作品とは、幼いときから父親の方針で日本人租界に住まず中国人街で育ったことでつながる。つまり、幼い時から外国人を隣人とすることで、林京子にはおのれの体験を他者との関係で客観的に捉える習慣を身に付け、そのことが被爆体験を原点とする作品にも生かされているということである。具体的には『ミッシェルの口紅』（八〇年）などによく表れているのだが、林京子は幼いときから自分を他者（例えば中国人や白系ロシア人）の目で見ることができるような育ち方をしていて、それが被爆体験を基にした作品における「被害だけを強調するような傾向」、別な言い方をすれば「お涙頂戴」式に陥らない作風を創り上げたということに他ならない。

文壇的処女作『祭りの場』における、被爆体験と現在とを等分に見据え、そこから被爆体験の意味を問い、さらには原爆＝核と人間との関係を考える態度に、それはつながるものであった。被爆時と現在との「時間差」を凝視める林京子の眼は、次のようなところに典型的に表れている。

一九七〇年一〇月一〇日の朝日新聞に〟被爆者の怪獣マンガ小学館の「小学二年生」に掲載、「残酷」と中学生が指摘〟の記事がのっている。「原爆の被爆者を怪獣にみたてるなんて、被爆者がかわいそう」女子中学生が指摘し問題になった。怪獣特集四五怪獣の中の、人間の恰好をした「スペル星人」が「ひばくせい人」で全身にケロイド状の模様が描いてある。真意をただされた雑誌側は調べてからでないと何ともいえません、と答え、原爆文献を読む会の会員は絶対に許せない、と抗議の姿勢をとった。事件が印象強く残ったのは確かである。「忘却」という時の残酷さを味わったが、原爆には感傷は入らない。

これはこれでいい。漫画であれピエロであれ誰かが何かを感じてくれる。三〇年経ったいま原爆をありのまま伝えるのはむずかしくなっている。

自分も被爆者でありながら、このような「冷静＝客観的」な態度を保てるというのは、三十年の間に原爆＝被爆が「風化」しつつある現実を厭と言うほど経験してきたからと思われる。この引用のすぐ後に、被爆者手帳をもらうための手続きが大変面倒であることを書き、手帳交付の申請書には「全く馬鹿気ているが被爆地にいた事を証言する三人の印鑑が必要なのだ」（傍点引用者）、と吐き捨てるように記さなければならなかった林京子の心底を思うと、怪獣特集に「ひばくせい人」が登場したことに、「漫画であれピエロであれ誰かが何か感じてくれる」と書いた気持が理解できる。

被爆後、自身も原爆症で苦しんだ疎開先諫早で被爆者がどのような処置をされたかを記した次のような場面にも、林京子の被爆＝核認識の独自性を見ることができる。

人間にハエがたかる。うじ虫がわき人間をつつく。「人間の尊厳」を傷つける事実が目の前で起る。戦争は自然の摂理をあからさまに教えてくれる。人間を焼くには生がわきの薪が最適なことも知った。火つきは悪いが、火さえつけば充分乾燥した薪より火力が強い。火もちがいいから生焼けがない。芯から焼ける。肉は薪と特別がつかない。幾分黒いが、灰に変り、落葉掻きで大地にならせば完全に同化する。

焼くと腹が音をたててはじける。脂肪が飛び火の粉が後を追って舞いあがり、空中で脂に点火する。予想外の闇の広範囲に、いきなり炎が燃える様は、あぶり出しの絵がらを期待する気持と同じで楽しい。

美しいと見入ってしまう。そのうち「そろそろ爆ぜるな」華麗な一ときを心待ちするようになる。

被爆者の死体を焼く光景に対して「美しいと見入ってしまう」という表現する林京子の気持を想像

する時、慄然とせざるを得ないものがある。目の前で起こったことに対して湧出する素直な感情を表現したものかも知れないが、そこには自分もそのような「死」を内部に抱えた人間であるとする、達観に似た気持があったと推測できる。だからこそ、三十年後にその経験を記述する際に、淡々と客観を装った表現になったのだと思われる。ここに、戦後を被爆者として生きてきた「時間」を中核に作品を構想する林京子の特徴がある。それは、二作目の『二人の墓標』（七五年）でも同じであるし、以後の連作集『ギヤマンビードロ』（七七年）、「八月九日の語り部」を宣言した長編の『無きが如き』等では、さらに徹底されている。つまり、林京子の文学は、過去を回顧しておのれの体験を特権化するのではなく、あくまでも「現在」にこだわって核の存在を問う姿勢で一貫しているということである。「八月九日の語り部」と自らを規定したのも、「現在」までも続く「八月九日」を書き続けるという意味であったと考えていいだろう。

そんな林京子の心情を正直に綴った部分が『雨名月』（八四年）という短編にある。

十四歳の夏から被爆者であった私は、「生存と種の存続」という、闘争のためのスローガンじみた生き方を今日までしてきた。娘時代は、今日明日にでも友人たちのように、原爆症で死んでしまうのではないかと毎日が不安だった。結婚して子供が生まれると、今度は子供の死を怖れるようになった。心豊かな結婚生活の時期に、私の関心はほぼ全面的に、子供と自分の生命を保ち続ける「生存」に費やされた。生活を楽しむ心の余裕はなく、そのあげくいつの間にか精神的な男女の愛から出発したはずの性は、精神から剥離してしまった。（中略）生命を宿したことで生命を怖れ、理想は偏重し、結婚生活は離別で終った。失敗だろうが、それもよしと、一区切りをなして私の内にある。そして現在につながる余地はない。そう考えられるのも、子供の成長が現在につながっているからだろうか。残念だが、私の過去の人生を裏打ちしているのは、八月九日である。この一日があるために、親と子が今日を生きるのにこの日に立ち戻り、そこから改めて一歩を踏み出す、一歩を進めるのに何年もの歳月を戻る。結婚生活は反芻の年月だった。子供は成人し、私は夫であった男と別れた。別れるとき夫だった男は、君との結婚生活は被爆者との二十年に他ならなかった、といった。

（傍点引用者）

結婚していた相手に、「君との結婚生活は被爆者との二十年に他ならなかった」と言われてしまう被爆者の生活、このような生の在り方が尋常でないことは、すぐにわかるだろう。林京子は全く同じ言葉を『無きが如き』の最後で記していて、余程そのような結婚生活を送ってきてしまったことを気にしていたのだと推測させるが、それでも彼女は、核＝被爆（曝）者を生み出すものの非人間性を小説という「表現」を通して言い続けるために、母親として、女性として、一個の人間として、被爆者がどのような現実を生きてきたかを描き続ける。例えば、連作集『ギヤマン　ビードロ』では、表題作において江戸時代から続く長崎の伝統工芸品であるギヤマンの戦前の物には、長崎市内から相当離れた場所に保管されていた物でも無傷の物はないということに重ねて、何らかの形で身体に傷を持つ被爆者の姿を浮き彫りにしている。また、他の収録作品には被爆者の語り手（私）が一人息子の血の問題を気にかけている場面が何度か出てくるし、同じく収録作品の一つ『金比羅山』に、次のようなドキっとするような言葉が書かれている。

私たちは四十六歳になる。そろそろ更年期に入る年頃である。被爆者でない西田をのぞいた三人は、放射能の障害を受けやすい血液、特に女の性にかかわり続ける血液の、異常を怖れながら、生きてきた。日常のささいな鼻血や抜歯の折の出血まで、このまま止まらなくなるのではないか、と気にしながら生きてきた。血にかかわる最も大きな恐怖が、出産である。出血多量で死亡した友人もいる。その危険な出産を、野田も私も無事に済ませ、もう心配のない年齢に達している。あとは、定期的な生理に誘発される異常出血の心配だけである。その残された心配事も、更年期という時期に来て、自然消滅してしまうのである。これほど有りがたいことはない。少なくとも私にとっては、その日は、初潮を見た日以上に、祝うべきときに思えた。

なぜ原爆=核の存在が問題であるか、繰り返しになるが、それは『ギヤマン ビードロ』の「私」のような被爆者を生み出すからに他ならない。被爆者は、人間の自然性を戦争=原爆という人為的行為によってねじ曲げられた存在である。一般的に、女性にとって更年期が「産む性」の喪失を意味することによって、存在の危機を招来する時であるのに対して、「祝うべきとき」と思わざるを得ないパラドキシカルな被爆者の生（性）は、女性の自然性に逆らったものである。このような被爆者の現実を見据える眼があるからこそ、この国や世界の「きな臭い戦争=核使用への道」への鋭い批判が生まれてくると言える。林京子には、『自然を恋う』（八一年）や『瞬間の記憶』（九二年）などのエッセイ集があるが、その中の「ヒロシマ・ナガサキ」に関わるエッセイには、人間として忘れてはならないことを示唆してくれるものが多い。

平和憲法第二章、第九条の戦争放棄と、戦力及び交戦権の否認、これを軸において戦争反対と、永久の平和を説いていた人たちが、平和憲法はアメリカのお仕着せだ、といったりして、憲法の改正をいいはじめている。あまりにも見事な変わりように、呆気にとられてしまう。それに理解できないのは、紀元節と天皇制を主張する人たちの、憲法改正論である。日本国憲法の巻頭の文章は、たしか、「御名御璽」でしめくくってある。「御名御璽」は、日本国でただ一人の人を指しているはずだから、ここのところの理屈が本当にわからない。

アメリカのお仕着せだといって改正を唱える、日本国憲法には、ちゃんと、「国民の総意に基づいて」と明記してある。新憲法が公布された昭和二十二年、平和憲法の第九条は、いつわりのない本心だった。そして主権在民も、私たちの願いだった。この願いと平和憲法を守って、戦後の三十五年間を私たちは生きてきた。時流にのって騒ぎはじめている人たちをみていると、この人たちは、戦争中、どんな青春をおくっていたのだろう、と思う。その人たちと同年代の青年たちの多くは、三十数年前、戦いに征って死んでいる。（中略）さいわい、私たちは生き残った。あのときの、あるべき姿ではない青年たちの不幸を、この人たちはどんな思いで見送り、受けとめて生きてきたのだろうか。

（「生き残った私たち」八〇年）

一九八五年六月から八八年六月までの三年間、林京子は息子の海外赴任に随行する形でアメリカ・ヴァージニア州に住む。共に長崎で被爆した友人からは「なぜアメリカに」と言われ、同じく被爆者の恩師からは「かつて敵国であったことを忘れないように」との言葉をもらってのアメリカ生活であったが、その時の経験を綴ったエッセイ集『ヴァージニアの蒼い空』（八八年）や『ドッグウッドの花咲く町』（八九年）、あるいはそれを小説化した短編集『輪舞』（同）収録の作品などを読むと、被爆者である自分を基底とする彼女の生は、日本におけるそれとほとんど変わっていないと言える。少女時代を過ごした上海での経験が、アメリカ人であろうが何人であろうが、どのような人間も「対等・平等」に見る観点を植え付けたせいかも知れない。あるいは、被爆者として生きてきた四十年以上の歴史が、林京子にそのような人間観を育てたと言っていいだろう。彼女はアメリカ滞在中に、依頼されてコーネル大学やハミルトン大学等で「ヒロシマ・ナガサキ」＝被爆者として生きてきた歴史について講演を行ったが、アメリカ人の学生や教師たちが被爆＝原爆の現実を概念的にしか知らなかったり、初めてナガサキの被爆者に接して真摯に核について考えたりする姿に接し、日本人と変わらないと実感し、ますます人間に対する「対等・平等」観を強める。

アメリカから帰国した林京子が、世界で最初の核爆発実験が行われた「トリニティ・サイト」訪問を実行したのは、一九九九年の秋――未だに軍が管理しているその地は、残留放射能の関係で、四月と一〇月の第一週土曜日だけ見学が許されている――であった。三年間のアメリカ滞在中にも訪れたいと思っていたとのことであるが、ニューメキシコ州の州都アルバカーキーから二〇〇数十キロ、一番近いアラモゴード市からでも一〇〇キロ近い砂漠の中にあるトリニティ・サイトは、車の運転ができないと簡単には行くことができず、都合がつかなかったという。さまざまな場所で出会った人、とりわけ原爆で亡くなった人の「鎮魂」を目的に伊豆半島「観音札所巡り」の遍路旅を志した（『長い時間をかけた人間の経験』）林京子にしてみれば、自らの半生を決定した原点である「ナガサキ」の原点であるトリニティ・サイト訪問は、悲願だったのではないかと思われる。そして、彼女がそこで感じ見たものは……。

五十余年前の七月、原子爆弾の閃光はこの一点から、曠野の四方へ走ったのである。実験の日は朝から、ニューメキシコには珍しい大雨が降っていたという。実験は豪雨のなかをついて、行われた。閃光は降りしきる雨を煮えたぎらせ、白く泡立ちながら荒野を走り、無防備に立つ山肌を焼き、空に舞い上がったのである。その後の静寂。攻撃の姿勢をとる間もなく沈黙を強いられた、荒野のものたち。

大地の底から、赤い山肌をさらした遠い山脈から、褐色の荒野から、ひたひたと無音の波が寄せてきて、私は身を縮めた。どんなに熱かっただろう——。

「トリニティ・サイト」に立つこの時まで、私は、地上で最初に核の被害を受けたのは、私たち人間だと思っていた。そうではなかった。被爆者の先輩が、ここにいた。泣くことも叫ぶこともできないで、ここにいた。

私の目に涙があふれた。

係官の誘導に従ってフェンスのなかの細い道を歩きだしたときから、あれほど自覚的だった被爆者意識が、私の脳裏から消えていた。「グランド・ゼロ」に向かう私は、被爆する以前の、十四歳の少女に還っていたようだった。八月九日を体験する前の「時」に戻って、「グランド・ゼロ」という未知なる地点へ、歩き出していたのかもしれない。記念碑の前に立ったときに私は、正真正銘の被爆をした。

被爆から五十五年近く経ってから、このように被爆＝原爆・核を全地球的な観点から捉え直し、かつは自らも被爆し直す境地になるということがどのような心情から発せられたものなのか、そこにこそ原爆（核）が人間とこの地球の全体を侵す悲惨・酷薄の根源を見ることができる。林京子の文学が紛れもなく「核文学」である所以も、まさにそこにある。

補節　その他、多様な「核文学」

ベトナム戦争世代を代表するアメリカの現代作家ティム・オブライエンの『ニュークリア・エイジ』（八九年、村上春樹訳）は、その原著名「THE NUCLEAR AGE」が如実に示すように、核時代が人間の精神を荒廃させる最大の要因であることを、一人の人間の過去と現在を交互に描くことで明らかにした傑作である。この長編が「核文学」であるという理由は、その主人公像にある。子供の頃、核爆発の閃光を見たという思い込み（幻視）がトラウマとなって、学生時代にはベトナム反戦運動に参加し、その後は過激な反体制運動（革命運動）に身を投じ、そこから離脱した後、大学で学んだ地質学の知識を利用してウラン鉱山を発見し大金持ちになった男がこの長編の主人公なのだが、彼は現在「核戦争」の恐怖から逃れるため、広大な邸宅の庭にひたすら穴（シェルター）を掘り続ける。スチュワーデスであった妻も一人娘も、彼が「気が狂っている」と思っている。

物語は、延々と主人公が穴を掘る場面と過去の歴史を記述する場面とによって構成されているのであるが、まさに現代が核に掣肘された時代であり、そのことに気付いた人間は精神が蝕まれるほどの「恐怖」と「絶望」の淵に追いやられざるを得ない状況にあることを、読者に突き付ける作品になっている。先の大江健三郎と世界の知識人との往復書簡ではないが、一向に改善されることのない「核状況＝世界の在り方」を憂える作家がアメリカにも存在することを、この長編は証するもので、その意味では核を主題とする文学の広がりを改めて知らされたと言える。訳者がベストセラー作家の村上春樹であり、彼がこの作品の翻訳を契機に「ディタッチメントの作家」から「コミットメントの作家」へと変化したたと考えられるのも、核問題の重さ故と考えることができる。

ティム・オブライエンの『ニュークリア・エイジ』が「ヒロシマ・ナガサキ」の世界的広がりを証するものであるとするならば、八〇年代に入って盛んに書かれるようになった原発や核関係の書物、例えば堀江邦夫の『原発ジプシー』（七九年）や高木仁三郎の『プルトニュームの恐怖』（八一年）などの著作、あるいは『ウラルの核惨事』（ジョレス・A・メドベージェフ、梅林宏道訳、八二年）や広瀬隆の『ジョン・ウェインはなぜ死んだか』、小川和久の『原潜回廊』（八四年）なども、「核文学」の一部と考えていいのではないかと思う。

原発労働者の被曝問題（『原発ジプシー』）、核物質（プルトニューム）の反人間性（高木仁三郎の著作）、高濃度放射性廃棄物処理の問題（『ウラルの核惨事』）、核実験場跡地の放射能汚染問題（『ジョン・ウェインはなぜ死んだか』）、原子力潜水艦の問題（『原潜回廊』）、等々、核の問題は科学技術の発展・世界戦略の深化にともなって、様々な分野において深刻さを増している。それらはもちろん「ヒロシマ・ナガサキ」を原点とするのであるが、現在ではリトルボーイやファットマンの爆発が幼稚に見えるほど複雑化し、かつ多様な広がりを見せている。そのことについて、ルポルタージュ、あるいは論文のスタイルで書いたもの、それらは紛れもなく「核文学」と言えるのではないかと思う。

それと、古くは小田切秀雄編の『原子力と文学』（五五年）に始まって、長岡弘芳の『原爆文学史』（七三年）、『原爆文献を読む』（八二年）等、水田九八二郎の『原爆を読む――広島・長崎を語りつぐ全ブックリスト』（八二年）、『原爆児童文学を読む』（九五年）、拙著『原爆と言葉――原民喜から林京子まで』（八三年）、『原爆文学論――核時代と想像力』（九三年）など、原爆（核）と文学との関係を文学史的、あるいは現代文学論として論じた書物も、「ヒロシマ・ナガサキ」にこだわらない広い観点から核の存在を捉えているということで、原爆文学から核文学への流れを後押ししてきたと言えるだろう。アンソロジー『日本の原爆文学』（全十五巻、八三年）や『日本の原爆記録』（全二十巻、九一年）の刊行も、そのことに大きな役割を果したたと言える。

「ヒロシマ・ナガサキ」を初めて言葉によって伝えようとした、原民喜の『夏の花』や大田洋子の『屍の街』から今日まで、原爆文学――核文学の流れは戦後文学を貫く一本の「赤い糸」のように今日まで続いている。しかもそれは、日本以外の国々にも伝わっている。例えば、現在アメリカ・エール大学で日本文学を講じているジョン・トリートは、一九九五年に『WRITING GROUND ZERO』（シカゴ大学出版）を著したが、広島・長崎に原爆を投下した国での「原爆文学論」の刊行は、先のティム・オブライエンの『ニュークリア・エイジ』の刊行、あるいは大江健三郎の『暴力に逆らって書く』などと照らし合わせると、「核＝原水爆・原発」の問題が、現代を生きる人間の愁眉の的になっていることを証すものになっている、と言っていいのかも知れない。

原爆文学目録（本書登場順）

原　民喜『夏の花・心願の国』（四八年、新潮文庫）
『日本の原爆文学原民喜集』（八三年、ほるぷ出版）
『原民喜戦後全小説集』（九五年、講談社文芸文庫）
『原民喜全集』（全四巻、青土社）
大田洋子『屍の街・反人間』（年、講談社文芸文庫）
『大田洋子作品集』（全四巻、三一書房）
永井　隆『長崎の鐘』（四九年、アルバ文庫、『日本の原爆記録』第二巻）
『ロザリオの鎖』（四八年、同）
『亡びぬものを』（四八年、同）
『この子を残して』（四九年、同）
『いとし子よ』（四九年、同）
栗原貞子『黒い卵』（四六年、復刻版八三年）
『私は広島を証言する』（六七年、自家版）
『ヒロシマ・未来風景』（七四年、同）
『ヒロシマの原風景を抱いて』（七五年、未来社）
『ヒロシマというとき』（七六年、三一書房）

『核・天皇・被爆者』（七八年、同）
『核時代を生きる』（八二年、同）
『栗原貞子詩集』（八四年、土曜美術社〈現代詩人文庫〉）
『問われるヒロシマ』（九二年、三一書房）

正田篠枝
『さんげ』（四七年、自家版〈現代教養文庫〉）
『耳鳴り―被爆歌人の手記』（六二年、平凡社）

峠　三吉
『原爆詩集』（五〇年、青木文庫）

阿川弘之
『年年歳歳』（四六年）
『八月六日』（四七年）
『魔の遺産』（五四年）＊全て『阿川弘之全集』（新潮社）

細田民樹
『広島悲歌』（四九年、世界社）

丸岡　明
『贋きりすと』（五一年、『群像』掲載）

山代　巴
『或るとむらい』（五一年、『世界』掲載）＊『何とも知れない未来に』（集英社文庫）

井上光晴
『手の家』（六〇年）＊『何とも知れない未来に』
『地の群れ』（六三年、河出文庫）
『日本の原爆文学井上光晴集』（八三年、ほるぷ出版）
『明日―一九四五年八月八日・長崎』（八二年、集英社）
『西海原子力発電所』（八六年、文藝春秋）
『輸送』（八九年、同）

井伏鱒二『カキツバタ』（五一年）＊『何とも知れない未来に』
『黒い雨』（六五年、新潮文庫）＊いずれも『井伏鱒二全集』（筑摩書房）
佐多稲子『歴訪』（五一年）
『今日になっての話』（五二年）
『色のない画』（六一年）＊『何とも知れない未来に』
『樹影』（七二年、講談社文庫）＊いずれも『佐多稲子全集』（講談社）
堀田義衞『審判』（六三年、岩波書店）＊『日本の原爆文学　堀田義衞集』
いいだもも『アメリカの英雄』（六五年、河出書房新社）＊『日本の原爆文学　いいだもも集』
武田泰淳『第一のボタン』（五一年）＊『武田泰淳全集』（筑摩書房）・『日本の原爆文学　小田実・武田泰淳集』
三島由紀夫『美しい星』（六二年）＊『三島由紀夫全集』（新潮社）
石田耕治『雲の記憶』（五九年）＊『何とも知れない未来に』・『日本の原爆文学　短編Ⅰ』
岩崎清一郎『過ぐる夏に』（六二年、渓水社）＊『日本の原爆文学　短編Ⅰ』
文沢隆一『重い車』（六三年）＊『日本の原爆文学　短編Ⅰ』
佃　実夫『赤と黒の喪章』（六三年）＊『日本の原爆文学　短編Ⅰ』
中山士郎『死の影』（短編集、六七年）＊『何とも知れない未来に』・『日本の原爆文学　短編Ⅱ』
『消霧灯』（短編集、七四年、三交社）
『宇品桟橋』（短編集、七七年、同）
『天の羊―被爆死した南方特別留学生』（八二年、同）＊『日本の原爆記録』

『私の広島地図』（九八年、西山書店）
古浦千穂子『風化の底』（六七年）＊『日本の原爆文学　短編Ⅱ』
西原　啓『焦土』（六八年）＊『日本の原爆文学　短編Ⅱ』
小田勝造『同窓会は夏に』（六九年）＊『日本の原爆文学　短編Ⅱ』
藤本　仁『倉橋島』（同）＊『日本の原爆文学　短編Ⅱ』
桂　芳久『光の祭場』（八〇年、皓星社）＊『日本の原爆文学　短編Ⅱ』
小久保均『夏の刻印』（八〇年、昭和出版）＊『日本の原爆文学　短編Ⅱ』
後藤みな子『時を曳く』（七二年、河出書房新社）
亀沢深雪『傷む八月』（七六年、風媒社）
『広島巡礼』（八四年、新地書房）
大庭みな子『浦島草』（七七年、講談社文藝文庫）
竹西寛子『鶴』（七五年、新潮社）
『管弦祭』（七八年、同）
石川逸子『ヒロシマ連祷』（八二年、土曜美術社）
『ヒロシマ・死者たちの声』（九〇年、径書房）
小田　実『HIROSHIMA』（八一年、講談社文藝文庫）
『長崎にて―二一世紀と人間の未来』（八二年、筑摩書房）
大江健三郎『ヒロシマ・ノート』（六五年、岩波新書）
『核時代の想像力』（七〇年、新潮社）

林　京子

『対話原爆後の人間』（対話者：重藤文夫、七一年、同）
『洪水はわが魂に及び』（七三年、講談社文芸文庫）
『ピンチランナー調書』（七六年、新潮文庫）
『ヒロシマの光』（大江健三郎同時代論集2、八〇年、岩波書店）
『核の大火と『人間』の声』（八二年、岩波書店）
『治療塔』（九〇年、岩波書店）
『治療塔惑星』（九一年、同）
『ヒロシマの「生命の木」』（同、NHK出版）
『祭りの場』（七五年、講談社文芸文庫）
『ギヤマンビードロ』（七七年、同）
『無きが如き』（八一年、講談社）
『三界の家』（八三年、新潮社）
『道』（八五年、文藝春秋）
『谷間』（八八年、講談社）
『輪舞』（八九年、新潮社）
『やすらかに今は眠りたまえ』（九〇年、講談社文芸文庫）
『おさきに』（九六年、講談社）
『長い時間をかけた人間の経験』（九九年、講談社）

以下、本書に登場しないが、参考として。（五〇音順）

井上ひさし『父と暮らせば』（九八年、新潮社）
越智道雄『遺贈された生活』（七七年、冬樹社）
斎木寿夫『黒雨』
　『死者は裁かない』（七二年、文化評論出版）
佐木隆三『きのこ雲』（八二年、中央公論社）
高橋和巳『憂鬱なる党派』（七三年、河出書房新社）
つかこうへい『広島に原爆を落とす日』（八六年、角川書店）
佃　実夫『赤と黒の喪章』（七二年、文和書房）
永見津平『長先五番崩れ』（七五年、合同出版）
福田須磨子『原子野』（詩集、五八年、現代社）
福永武彦『死の島』（七一年、河出書房新社）
山田かん『記憶の固執』（詩集、六九年、長崎文献社）
　『ナガサキ・腐食する暦日の底で』（同、七一年、長崎証言の会）
　『山田かん詩集』（九〇年、芸風書林）
　『長崎原爆・論集』（二〇〇〇年、本多企画）
渡辺広士『終末伝説』（七八年、新潮社）

全集・アンソロジー

『作品集〈八月六日〉を描く』(第一集七〇年、第二集七一年、文化評論出版)
『何とも知れない未来に』(八三年、集英社文庫)
『日本の原爆文学』(全一五巻、八三年、ほるぷ出版)
『日本の原爆記録』(全二〇巻、九一年、日本図書センター)
『ヒロシマナガサキ原爆写真・絵画集成』(全六巻、九三年、同)

原爆文学論

小田切秀雄編『原子力と文学』(五五年、講談社)
長岡弘芳『原爆文学史』(七三年、風媒社)
　『原爆民衆史』(七七年、未来社)
　『原爆文献を読む』(八二年、三一書房)
水田九八二郎『原爆を読む—広島・長崎を語りつぐ全ブックリスト』(八二年、講談社)
黒古一夫『原爆と言葉—原民喜から林京子まで』(八三年、三一書房)
　『原爆文学論—核時代と想像力』(九三年、彩流社)
大江健三郎他『反核・文学者は訴える』(八四年、ほるぷ出版)

あとがき

六〇年前の一九四五（昭和二〇）年八月六日・九日に、広島・長崎を襲った悲劇は、人類がこれまで一度も経験したことのないものであった。たった一発の爆弾で数十万人の人々が暮らす都市が一瞬にして壊滅し、そこで生きてきた人々の大半が死に、残った人々の多くが傷ついたその「破壊」の大きさ、凄まじさもさることながら、もし大量の「核」が戦争に使われた場合、確実に人類が滅亡してしまうであろうことを証明してしまったからに他ならない。アメリカだけでなくソ連が、そしてイギリス、フランス、中国が核保有国となる一九五〇年代以降、広島・長崎の被害を経験した日本人だけでなく全世界の心ある人々が「ノーモア・ヒロシマ・ナガサキ」を合い言葉に、反核運動を展開し続けているのも、原水爆が「最終兵器」として私たち人類の未来を掣肘する存在であると深く認識しているからと言っていいだろう。

「ヒロシマ・ナガサキ」から六〇年、核兵器の開発はこの間とどまるところなく、破壊力を増し、精密化し、全人類を七回半も絶滅させることのできるまでに保有されるようになった。そして、最小の核兵器と言ってもいい劣化ウラン弾は、一九九一年の湾岸戦争で実戦使用されたのを皮切りに、コソボ紛争、イラク戦争において何百発も使われている。当然、戦場となった地域では、「ヒロシマ・ナガサキ」と同じように、白血病、癌、甲状腺異常といった「原爆病」が大量に発生している。

また、それに加えて一九七九年三月のアメリカ・スリーマイル島原発、一九八六年四月のソ連・チエルノブイリ原発における大事故、一九九九年九月の東海村・JCOの臨界事故、等々、「核の平和利用」と言われる原子力発電に伴う様々な事故のことを考えると、核状況は悪化の一途をたどっているようにしか思えない。大江健三郎が『治療塔』（九〇年）で予測したように、この地球が人間の住めない惑星になる日もそんなに遠くないのだろうか。

言葉として必ずしも定着しているとは言えない「原爆文学」が、「ヒロシマ・ナガサキ」を直接体験した原民喜、大田洋子、栗原貞子、正田篠枝らによって被爆直後から書き始められ、現在もなお長崎で十五歳の誕生日を目前に被爆した林京子らによって書き継がれているのも、「核」の存在が根源的な意味で人間に敵対するものだから、と言っていいだろう（長崎を舞台にした三島由紀夫賞受賞作、鹿島田真希著『六〇〇〇度の愛』も現代の原爆（核）文学に他ならない）。『地の群れ』や『明日――一九四五年八月八日・長崎』の井上光晴、『黒い雨』の井伏鱒二、『審判』の堀田善衞、『アメリカの英雄』のいいだも、『樹影』の佐多稲子、『ヒロシマ・ノート』の大江健三郎、『HIROSHIMA』の小田実、等々、被爆体験を持たない作家達が陸続と「原爆文学」を著してきたのも、「核」が人間の未来を閉ざすものであるとの危機感がそこにあったからではなかったか。

これまで「原爆文学」に関して、『原爆とことば―原民喜から林京子まで』（八三年、三一書房）と『原爆文学論―核時代と想像力』（九三年、彩流社）の二冊を出しているが、いずれも求められて書いた折々の文章を集めたもので、通史的に、かつ啓蒙的な意味を持って書き下ろしたものとしては、本書が初めてとなる。また本書は、「原爆文学」に関する論考を書き始めて以来、いつかはこのような形で書きたいと思ってきた本でもある。何度「構想」を立てたことか。そんな折、八朔社が声をかけてくれ、本書が実現した。「ヒロシマ・ナガサキ」（核存在）と言葉＝表現との関係を辿り直す作業は、改めて「核」の非人間性を確認し、それに抗する文学者の営為について思いをめぐらすもので、決して楽しいものではなかったが、念願がかなったことの喜びは、現今の核状況を考えると一入《ひとしお》であった。

本書は、同時に刊行される『戦争は文学にどう描かれてきたか』と対の関係にあるが、未だ「原爆タブー」が隠然とした形で残る出版界にあって、本書の刊行を英断した八朔社には深甚の感謝を捧げたい。核の廃絶がいつ実現するかはわからないが、一人一人がいかに「反核」の思いを強く持つか、そこに全てがあるように思う。本書が、その一助になれば、と思う。多くの人が本書を手にとってくれることを願う。そして、「核」の恐ろしさをもう一度考えて欲しいと切に願う。

二〇〇五年六月

核の犠牲者がゼロになることを願って　著　者

黒古　一夫（くろこ　かずお）

1945年　群馬県安中市生まれ
1982年　法政大学大学院文学研究科博士課程修了
現　在　筑波大学大学院教授・文芸評論家
著　書　『北村透谷論――天空への渇望』（1979年，冬樹社）
『原爆とことば――原民喜から林京子まで』（1983年，三一書房）
『三浦綾子論――「愛」と「生きること」の意味』（1994年，小学館）
『作家はこのようにして生まれ，大きくなった――大江健三郎伝説』（2003年，河出書房新社）
『灰谷健次郎論――その「優しさ」と「文学」の陥穽』（2004年，河出書房新社）ほか
編　著　『日本の原爆文学』（全15巻，1983年，ほるぷ出版）
『日本の原爆記録』（全20巻，1991年，日本図書センター）
『林京子全集』（全８巻，2005年，日本図書センター）ほか

21世紀の若者たちへ 4
原爆は文学にどう描かれてきたか

2005年８月１日　第１刷発行

著　者　　黒　古　一　夫
発行者　　片　倉　和　夫

発行所　株式会社　八《はつ》　朔《さく》　社《しゃ》
東京都新宿区神楽坂２-19　銀鈴会館内
〒 162-0825 振替口座00120-0-111135番
Tel. 03 (3235) 1553　Fax. 03 (3235) 5910

印刷・製本　厚徳社

ISBN4-86014-103-2